最好不相思 相不负

古代才女的情与诗

江晓英 编著

煤炭工业出版社
· 北 京 ·

图书在版编目（CIP）数据

最好相思不相负：古代才女的情与诗／江晓英编著．
－－北京：煤炭工业出版社，2015（2020.6 重印）
ISBN 978－7－5020－5019－1

Ⅰ.①最… Ⅱ.①江… Ⅲ.①女性—诗人—文学研究—
中国—古代 Ⅳ.①I207.209

中国版本图书馆 CIP 数据核字(2015)第 257617 号

最好相思不相负

古代才女的情与诗

编　　著　江晓英
责任编辑　刘新建
特约编辑　郭浩亮　袁旭姣
特约监制　朱文平
封面设计　@嫁衣工舍

出版发行　煤炭工业出版社（北京市朝阳区芍药居 35 号　100029）
电　　话　010－84657898（总编室）
　　　　　　010－64018321（发行部）　010－84657880（读者服务部）
电子信箱　cciph612@126.com
网　　址　www.cciph.com.cn
印　　刷　保定市海天印务有限公司
经　　销　全国新华书店

开　　本　880mm×1230mm 1/32　**印张**　7 1/2　**字数**　150 千字
版　　次　2015 年 12 月第 1 版　2020 年 6 月第 2 次印刷
社内编号　7865　　**定价**　38.00 元

序

美丽的哀愁

“去年元夜时，花市灯如昼。月上柳梢头，人约黄昏后。”如这般的美好，如这般的婉莹，如这般灿若星子的闪烁。濯濯的银河，沙砾横亘的河床，苔癣喂养的月光，是否饱含着千年的青涩？一梦千年，那是谁的幽梦在年年岁岁中轻叩着初心依旧？试问卷帘人，如昨日美丽的时光、一段段剪影，或窈窕，或纤柔，或清绝，或坚毅，或隐忍。她们或在乱世纷争中挥毫狂书，或在太平盛世里赋诗吟哦，或在青青的草甸上仰望故土，承受“羌笛何须怨杨柳”的凄苦，又或在江南的雨雾中摇桨山水朦胧，泛舟诗情画意，抵达信仰的彼岸。那渡口多少人挥手，多少人转身后，一幕幕背影剥落下层层隽秀，在日月中恒远，亮透。

她们是一群美丽的女子，踏浪而来，浣洗而来，笙歌而来，书香而来，从天南地北，从历史长河，从烽火烟云，从四面八方，从诗画词意中款款而来。她们是碧碧的珠玉，是沉香的梅朵，是墨色的文华，她们醉美了华夏五千年的中国画轴，如同孔雀开屏，渐次展开着。

梦的哀愁

每个女子都有一件梦的衣裳，从点翠的青葱起，这梦似网，似藩篱，似木格窗上橘红的影子，微微在轻蹙、变幻着，惹人一辈子去追随，去编织这梦的承诺。

她说："昨宵结得梦夤缘。水云间，俏无言，争奈醒来，愁恨又依然。"

她说："莺语惊残梦，轻妆改泪容。"

她说："萧萧风雨夜，惊梦复添愁。"好一个惊梦，梦里愈添愁，愁上妆容。

她说："多情满天坠粉，偏只累双卿，梦里空拈。"道是"算春头春尾，也难算、春梦春醒。甚春魔，做一场春梦，春误双卿！""推下凄凉，一个双卿。""才喜双卿，又怒双卿。"

她是贺双卿，才情无双的农家女诗人。她有一件梦的衣裳，梦锁生命的哀伤，左手簸箕，右手文华。

她是为梦而生的女子，诗意入梦，诗情如梦，诗风似梦。

她的梦里，"风铃寂寂曙光新，好梦惊回一度春。何处卖花声太早，晓妆催起画楼人"；她的梦里，"青残灯尽夜凄凄，梦淡如烟去往迟。斜月半帘人不见，忍寒小立板桥西"。

她是在梦中泅渡生命的纤纤女子，梦一生，一生为梦，梦中来梦里去，字字如珠盘玉落般晶莹剔透，镌入在梦中。

那些串起又洒落的梦，在女诗人的素手中，通透碧绿着，一颗颗觉醒似的性灵机巧，圆润。

“晓梦随疏钟，飘然蹑云霞。因缘安期生，邂逅萼绿华。”她在《如梦令》中快乐成长，“争渡，争渡，惊起一滩鸥鹭”。她“浓睡不消残酒”，青春无邪，在亦真亦幻中“试问卷帘人，却道‘海棠依旧’”。她的梦“应是绿肥红瘦”，充满了俏皮的活泼。

她是中国女才子的一杆旗帜，她是璀璨星斗中最亮的一颗，她是后来人敬仰的易安居士，她是梦里的一个传说。

她们温婉似水，也执手有力。

她们醉梦一生，一生追梦。她们是一卷卷水墨丹青中点绛的绯红，鲜妍中，掩不去似梦非梦的哀愁。

人生如梦，一世惊梦。

爱与哀愁

因为有爱，这人世间情味浓烈，骨肉相连，心心相印。

因为有爱，人人心中都燃烧着一簇小火苗，暖暖的，似无怨无悔的明灯，伴着爱人走天涯。

因为有爱，生命延续，万物轮回，就像诗人诉不尽的真情，道不完的挚爱，说不清的深意。她们在爱的泼墨中尤为出彩！

“一别之后，二地相悬。虽说是二四月，谁又知五六年。七弦琴无心弹，八行书无可传，九连环从中折断，十里长亭望眼欲穿。百思想，千系念，万般无奈把郎怨。”断肠人，天涯尽数情与缘，想与念，痴与癫，谁不动心这粒粒颗颗的字字珠玉？岂止是打动了司马相如，有情人皆会为之所动。

欲问爱，何为爱？爱是执着，爱是争取，爱是彼此的坚守。明朝女诗人谢五娘道："卓荦黎生先有聘，风流种子后相亲。桃花已入刘郎手，不许渔人再问津。"我与有缘人早缔结了缘分，媒妁为凭，情意在先，姻缘自是天成，怎可改聘他人?即使他富有\拥有权势，怎奈我爱意坚决、去意已定。这样的女子，敢爱敢恨，敢道人间真理和真情，不为势力所驱使。

爱伴随着甜蜜的初始，爱包裹着浓浓的蜜意，爱有分离时的凄凄，爱有抵对中的谦让，爱是浅浅一抹愁，爱是隐隐一丝疼。爱与哀愁，是难以解开的结，相生不相离。

"新裂齐纨素，鲜洁如霜雪。裁为合欢扇，团团似明月。出入君怀袖，动摇微风发。常恐秋节至，凉飙夺炎热。弃捐箧笥中，恩情中道绝。"这是帝王的爱啊，几分真，几分热，还有几分留与何人？总归是，秋凉团扇，在君恩淡薄中一年又一年反转轻轻的微风，来去有意，无常。

纳兰性德说："人生若只如初见，何事秋风悲画扇？等闲变却故人心，却道故人心易变。骊山语罢清宵半，泪雨霖铃终不怨。何如薄幸锦衣郎，比翼连枝当日愿。"道人情易变，冷暖自知，一把团扇，曾消褪多少炽热的温存暖意，可到头来，仍是清凉淡淡，宫锁了一位女子最美丽的哀伤。

问天地亘古，这世间有多少眷侣可"赌书消得泼茶香"？又有多少人懂得"当时只道是寻常"的美好。而这些，都只能在梦的深处去一点点地串起、追忆、想念了。

中国古代女诗人，将爱进行到底，将情恒远到永远！而永远有多远？

鱼玄机道："易得无价宝，难得有情郎。"这是爱的至理名言！千年历经，从不曾改变。

心若哀愁

寻愁觅恨，惹怨追忧，或见落红生悲，也叹流水无情，又斥光阴虚度，这些因由缘起，是是非非的虚幻如空，最易在诗人笔下增色添彩，越描越深重，越诉越凄然。或再经女诗人细腻地酝酿，敏感揣摩一阵子，情感或许一发不可收，心便戚戚，魂不守舍了。

心随梦飞，爱有担当。人生自古，男儿当自强，这似乎是天经地义的真理。殊不知，纤柔女子，古今往来，也不乏硬朗清骨的"女汉子"。

她们或深宫妃嫔，或青楼歌姬，也或平民女子。她们是中国出色的女诗人，将心入字，字字动人，情怀漫天。

"素瑟清樽迥不愁，柂楼云雾似妆楼。夫君本志期安桨，贱妾宁辞学归舟。烛下鸟笼看拂枕，风前鹦鹉唤梳头。可怜明月三五夜，度曲吹萧向碧流。"一代名流学士，东林党首领钱谦益敢为美人破了俗世的规矩，正妻仪式迎娶秦淮名妓柳如是，却经不起铁蹄的威逼和名利的引诱降了清军，竟不及小女子柳如是的投水殉国的民族气节、忠义情怀！

爱国者，春秋卫国许穆夫人亦是。千古名篇《载驰》疾书了她救国护国的意志和决心，成了千古美谈。

中国古代女诗人，为情而书，因爱而行，至情至真，似柔却坚。

为一颗初心，为一份真诚，为一次相遇恋恋红尘，为一次次的爱恨缠绵可抛却锦瑟的华年。何人懂？何人闻？何人写下了“今春有客洛阳回，曾到尚书坟上来。见说白杨堪作柱，争教红粉不成灰”？十年守节，敌不过冷漠的“劝慰”，关盼盼终究绝食而去，为丈夫殉情了，为女贞保节了，为古代霸道的男权无谓牺牲了。

美好的诗词歌赋令人心动，凄婉哀怨的诗歌，难免会打碎一生的心泪，无法拾捡过去、将来，只在当时付与了一行行诗句。古代女诗人，宛若一道道绝美的风景线，拉开这历史的罅隙，影子愈长、越近，一个个泛黄的烙印里，那些淘洗过的沙砾中，总会有荧荧的晶体，越发光亮，明艳。

爱恨不得！她是帝王的嫔妃，她是丈夫的机要秘书，她是御用的诗人。她有许多美丽的冠冕，集了一身的头衔，却从来没有获得过爱情。她是才华横溢的西晋女文学家左棻，武帝的妃子。她做了皇帝装帧自己品位的“花瓶”，她在一半海水、一半火焰中挣扎，她的诗歌为谁而赋？又为谁而不得不赋？！

心若在，梦就在。古代女诗人，在梦中探索生命的价值，在梦中探寻爱情的渡口，在梦中抵达心中的彼岸。

古代女诗人，有梦有爱，心爱相连。她们都有一份从容的美丽，爱的哀愁。

她们左手沙漏，右手水月。她们在水中央娉婷而立。

【目录】

第二篇 未若柳絮因风起

第三篇 红袖香销一十年

第四篇　记取诗魂是此花

第一篇

莫诗无花空折枝

宫闱重重，深似海。一朝入宫门，女人的青春、情爱、荣辱、苦乐、悲痛，都扎根在一方天井中，演绎岁月峥嵘，花开花落。繁华锦瑟时，转朱阁，欲上层楼，而帷幕蔓蔓，一步一阶，一颦一笑，在明黄衣袂的招展中，护紧城池，登高望远，看云水枯荣，流转不息。

“有花堪折直须折，莫待无花空折枝。”寂寞开几度，待到春暖时，在她们的诗卷中，舞出了多少凄怨离恨、情愁轻幽，浅如一抹雾痕，分明又弥漫着亮色生动的无可奈何，好不生疼！

她们是重楼中的云雀，娓娓地倾诉，低鸣哀婉。或大胆地执笔，挥一次浓墨重彩，疾书着这么一群女子：她们曾经这样优秀而美丽着。尽管已被深锁重楼，望尽天涯路，但在历史的烟云中，因她们的存在，朝朝代代的后宫内、深院里，梧桐蓊郁，七彩纷呈，炫丽着华彩的一幕。

她们是凤女，是文殊，是华夏国度中最美的帝王花。

她们风姿各异，宿命殊同，却一样的文华光鲜，美不胜收。

庄姜：燕燕于飞

闭月羞花，沉鱼落雁，或许，不及她“巧笑倩兮，美目盼兮”的倾城一瞥。

左手书卷，右手宫扇，或许，城墙内外的精彩，几粒碎语的纤软，便是生活于别处的高度。她，集才华与美貌于一身，美人兮，诗人也。

庄姜：中国历史上第一位女诗人，美丽女子的标杆。

南宋著名词人辛弃疾在《贺新郎·别茂嘉十二弟》中道：“算未抵、人间离别。马上琵琶关塞黑，更长门、翠辇辞金阙。看燕燕，送归妾。”凄凄切切，一派缠缠绵绵的不堪离别。“看燕燕，送归妾”，悲从底来，这样伤心断肠的情景，让人会不由自主地联想到《诗经·国风·邶风》中的千古名篇《燕燕》，此“燕燕”乃彼“燕燕”否？

燕燕于飞，差池其羽。

之子于归，远送于野。
瞻望弗及，泣涕如雨！
燕燕于飞，颉之颃之。
之子于归，远于将之。
瞻望弗及，伫立以泣。
燕燕于飞，下上其音。
之子于归，远送于南。
瞻望弗及，实劳我心。
仲氏任只，其心塞渊。
终温且惠，淑慎其身。
先君之思，以勖寡人。

这是一场送别的难分难舍，是两位女子深厚友谊的再现。燕子在天空中翱翔，挥动着一双羽翅参差起伏。不得不送走妹子啊，送到野外，送到远处，送到南方，送到背影消失在茫茫中，送到不能再送了，望不出，望不见，望不穿，我心悲戚，我心萋萋，我心如刀割，再也控制不住喷薄的情感，泪如雨下。泣涕不能言语，眼眶中盈满的晶莹，不单是泪水，那亮洁的眸，多么似干净一潭湖水啊。那是澈静的爱充斥在其间，这人间最美好，不过情义两相知，执着两难忘，就像此刻此时此景下，淋漓尽致地袒露胸怀，引渡着一种相识相知却无缘相守的伤悲情怀。

“燕燕”一词，开创了诗歌叠词的先河，庄姜也成了一位名副其实的发明家、开拓者。叠词的出现，为古诗词生辉添彩，叠词的运用，也成了语言表达中的传统手法之一。“苍苍竹林寺，杳杳钟声晚。”“晴川历历汉阳树，芳草萋萋鹦鹉洲。”“树树皆秋色，山山唯落晖。”恰如其分地嵌入叠词，让诗词意境得到了大大提升，多角度、多方位、多经纬地横贯联通，往往会产生意想不到的多维效果。千百年来，众多的诗人词人中，多有运用叠词的高手，李清照算是其中一位。“寻寻觅觅，冷冷清清，凄凄惨惨戚戚”，“争渡，争渡，惊起一滩鸥鹭。”这样的千古佳句，将叠词的蕴藉推向了高处，令人高山仰止。

送别时的恋恋不舍，缠绵与缱绻的声声“燕燕”，足以表达诗人此刻全部的情感。诗人们将“燕飞”打造成了话别时的一个重要物象，一直沿用并流传至今。当然，这样的美好场面皆得利于“燕燕”一词的发明者庄姜。诗歌的创造力和想象力，很大程度上决定了诗歌的内核和诗人的风格，效果无以比拟。因为创新，所以独特，这也是诗人间诗风的标志性区分。

宋代大儒朱熹在《监本诗经》中认为，庄姜是中国历史上第一位女诗人，于是，第一女诗人的冠冕便多出了一份疑惑，到底是爱国主义诗人许穆夫人，还是绝代风姿的女诗人庄姜？怎么恰当地给予一顶美丽的花环，学者们从来都是各执己见，只得仁者见仁智者见智了。不过，朱熹的考证又缘何而来呢？

但凡美女，特别是有才识的大美女，在人们的心目中，映入眼帘的必先是姣好的容貌，因其绝美姿色，往往会下意识地忽略其才情、学识，这是非常普遍也很自然的现象。这样，身为中国最美丽女子的庄姜，其女诗人的身份自然就很容易被忽略了。

究竟一种怎样的美，才让人不自觉地滤掉她的才华横溢呢？

《诗经·卫风》中道：“硕人其颀，衣锦褧衣。齐侯之子，卫侯之妻，东宫之妹，邢侯之姨，谭公维私。手如柔荑，肤如凝脂，领如蝤蛴，齿如瓠犀，螓首蛾眉。巧笑倩兮，美目盼兮。”这首中国历史上赞美女子的开山之作，出于何人之手不得而知，不过所赞何人是知晓的，那便是卫国人民齐称颂的公主庄姜。他们毫不掩饰地夸奖和赞誉心中的“女神”，毫不吝啬地将所有美好之词一并赋予她，看来，这位庄姜确是美丽非凡了。

对庄姜这个人物的记载，《诗经·卫风》中有十分清晰的描述：庄姜乃齐国公主，与齐国太子是嫡亲兄妹，也是卫国国君卫庄公的妻子，姜是齐国皇族姓氏，嫁到卫国后，便随夫姓，人称“庄姜”。

“女神”庄姜，以一种怎样无以媲美的超凡魅力，深深地打动了万千卫国人的心，以至于众口一词将“国母”捧成了仙女，在老百姓心中无人能替代？从那些赞誉声中细细去发掘，或能找到一二吧。

庄姜一出场，高挑修长的身影就让人眼前一亮，“硕人其颀，衣锦褧衣。”这位女子身材超极棒啊，不但有浑然天成的好线条，而且衣着华美、瑰丽。民间俗话说的“人靠衣装，佛靠金装”在此处显然有些力不从心的意味，是锦缎绫罗美丽了她，还是她炫色了美丽的衣裳呢？这些还都不是最惹眼的。“手如柔荑”，这女子啊，手真美，真细润，宛若茅草抽穗般的嫩，白白的犹如芽似的，这是多么诗意的赞叹，仅仅是一双手的素描便让人挪不开眼睛了。如此可以想象到，古人们的文字水平和文学造诣，确实达到了让今人也叹为观止的高度。接下来的描摹更是出色，卫人说“肤如凝脂”，若观其肌肤，最美不过凝脂似的珠圆玉滑，柔腻无比，极富美感和质感。

古代帝王选拔嫔妃宫女，似乎都遵循着这样的标准去选择的。庄姜作为完美女子的标杆，她的一颦一笑，一举一动，已经成为了人们仰望的美好，受到了后人的追捧和喜爱。

清人姚际恒说："千古颂美人者，无出其右，是为绝唱。"方玉润则道："千古颂美人者，无出'巧笑倩兮，美目盼兮'二语。"千古美人，择其标准，皆源自庄姜一人。

美好的女子，则当有懂得美好的人爱之、疼之、护之。庄姜也有这样令人艳羡的爱情吗？

朱熹考证说，《燕燕》《终风》《柏舟》《绿衣》和《日月》皆出自庄姜之手。

泛彼柏舟，亦泛其流。耿耿不寐，如有隐忧。微我无酒，以敖以游。
我心匪鉴，不可以茹。亦有兄弟，不可以据。薄言往愬，逢彼之怒。
我心匪石，不可转也。我心匪席，不可卷也。威仪棣棣，不可选也。
忧心悄悄，愠于群小。觏闵既多，受侮不少。静言思之，寤辟有摽。
日居月诸，胡迭而微？心之忧矣，如匪浣衣。静言思之，不能奋飞。

"我心匪石，不可转也。我心匪席，不可卷也。"这样的千古名句，在当下依旧被许多人热捧，打动了无数文艺青年的灵魂。有人认为，《柏舟》是暗喻庄姜与卫庄公不在一起生活，"柏舟"比喻庄姜自况：柏木之舟严实紧密，质量自是无可挑剔，是行在汪洋中的一条小船，但是无依无靠，空空寂寥。这苦闷，无人能懂，没有可诉说的出口，唯有化为字字句句的轻叹，“我心匪鉴，不可以茹”“忧心悄悄，愠于群小”“静言思之，不能奋飞”。这诗中字字句句皆美妙，且寓意深刻，掷地有声，是绝佳的咏叹诗作，是值得后人膜拜的传世作品。

相对于《柏舟》的婉转，《终风》则大胆抒怀，愤慨直指男性的无情：

终风且暴，顾我则笑。谑浪笑敖，中心是悼！
终风且霾，惠然肯来？莫往莫来，悠悠我思！
终风且曀，不日有曀。寤言不寐，愿言则嚏。
曀曀其阴，虺虺其雷。寤言不寐，愿言则怀。

诗中描写了一位女子被男子玩弄后的悲伤欲绝，却依旧充满了对爱的无限希冀。不管刮风、下雨、阴霾、打雷，这些自然界恣意放纵的“喜怒无常”，都不能改变女子的天真无邪。无论什么情况下，无论有多烦恼多忧愁，终究都化为了无怨无悔的相思和牵挂，在每一个不眠的夜晚里。诗人只用了短短不过一百字，却将一个小女子复杂的情感变化描摹得如此逼真、传神，手法确是高超，文笔极其出彩。

一首《绿衣》，道出了庄姜的心事重重，作为正妻的她，一生都没得到丈夫的浓情爱意与关心爱护，该是多么的悲伤和痛苦啊！这位绝色的女子，宛如世间上最美的花儿，却只能在宫闱中慢慢枯萎，了无声息地老去，留下无尽的唏嘘与感叹。《绿衣》和《日月》，不正是她声声遍遍的心内呐喊吗？

庄姜一生无所出，卫庄公后来娶了陈国女子厉妫，再娶厉妫的妹妹戴妫，又专宠“嬖人”。庄姜不但不怨恨她们，还将厉妫和戴妫视同为姊妹，将戴妫的儿子公子完视如己出，对他备加爱护，同时对“嬖人”也和善对待，一生宽厚善良。卫庄公对她的冷漠和无视，无疑将这位美好的女子打入了“冷宫”。美人无所依，该是多么残酷的事情啊！

一个女子，无论多美丽、多端庄、多贤惠，有多少人称颂，如果丈夫对她不理不爱，她都将是一朵幽微的花朵，只能是顾影自怜，冷暖自知。庄姜，却似深谷中盛开的那株兰草，暗香袭来，沁人心脾。

朱熹说，庄姜的诗歌早许穆夫人六十年，庄姜乃是中国古代第一位女诗人。他一直力挺这位才华非凡、容貌绝代的佳人。

庄姜，当之无愧的美好女子。她“巧笑倩兮，美目盼兮”，绝世芳华！

许穆夫人：以写我忧

何以忧心，忧心何故？回首时，故国却在夜夜月明中。

我忧我思，以写我忧。当是“载驰”着多少忧心忡忡啊！一腔热血，儿女自古多情，怎能忘却家国曾经的美好？可如今，狼烟烽火四起，故园岌岌可危，请许我与祖国同在，护卫江山，不容欺凌！

许穆夫人，春秋时期著名女诗人。

有家有国才有你我。大千世界，万物共存，享天地之悠悠，采日月之精粹，乐山水之逍遥，这些自然态势，架构了世间最美好的单元，社会个体、家庭、单位、国家等。你来我往，商贸繁荣，生产生活和谐发展。建设“小家”，心怀“大家”，于是，在历史的进程中，“家”就成为了人们心中最温暖的地方。“国”即是“家”，有国才有家，这是每个中国人都铭记的。

当“家”受到伤害时，“家人”同样也会深受其害，因此，爱家爱国，人人有责，人人都应树立保家卫国的拳拳赤子之心。春秋时期的女诗人许穆夫人，就为后人做了表率，她是当之无愧的女英雄！

想必大家都知道“玩物丧志”这个成语，据说与许穆夫人有着千丝万缕的关系，我们从中就可以了解到许穆夫人的不一般。

许穆夫人不姓许，因她嫁给了许国的穆公，后来人们便尊称她为许穆夫人。她本姓姬，是卫宣公昭伯之女，公元前690年出生于卫国都城朝歌。说到朝歌，必然会让人想起曾经这个都城里的商纣王的荒淫无度、残忍暴烈。这是一个充满了腐味与血腥的城市，但在许穆夫人眼里，故乡无处不美，无处不充满了乐趣。无论何时何地，她都深深眷恋着故乡的一山一水。《诗经·卫风·竹筝》中，她写道：

籊籊竹竿，以钓于淇。岂不尔思？远莫致之。
泉源在左，淇水在右。女子有行，远兄弟父母。
淇水在右，泉源在左。巧笑之瑳，佩玉之傩。
淇水滺滺，桧楫松舟。驾言出游，以写我忧。

小时候的许穆夫人是一位俏皮活泼的姑娘，她喜欢使用竹竿，时常饵钓于淇水。这一个“钓”字，将许穆夫人的烂漫可爱展现得淋淋尽致。众所周知，爬树、掏鸟窝、捞鱼等活动，大多是男孩子们喜欢的游戏，而这些欢快甜蜜的过往，却在许穆夫人远嫁他乡的日子里，常常忆起，越发清晰起来。小时候的她，调皮在泉源处、水湄旁，奔跑在清清的水、滚滚的河边，她拿起竹竿右手垂钓，而脸儿却偷偷望向水面，俯首映容，到底是水美，还是人美呢？许穆夫人的《竹竿》，记载了少年时无忧无虑的快乐时光，不管她远在何方，身处何地，她脑海中的卫国，一直是她日思夜想的家乡！

《诗经·卫风·竹竿》，将竹竿第一次写进了文学作品中，这是许穆夫人无意“钓上”的创意，鲜而新。后来者将其情操、品行、品格再深入挖掘，吟咏竹子的诗词不断涌现，佳作推陈出新，画竹、道竹、编竹，占据“梅兰竹菊”中的一席地位，竹也就深入了中国文人的心坎中。“竹里编茅倚石根，竹茎疏处见前村。闲眠尽日无人到，自有春风为扫门。”有竹子的地方，就有村，那就是梦中的家乡！

游子一生都挂记着故乡的一草一木，一山一水。许穆夫人的心，一直与卫国同呼吸共命运，从不曾改变。其实，当初远嫁不太强大的许国，并非许穆夫人的真实意愿，有许多事与愿违，不是她能改变的。

古代女子的婚姻，全凭媒妁之言，父母之命。许穆夫人的婚嫁即是如此。只是，这位长于宫廷中的女子，从小思维敏捷，见多识广，才华出众，头脑清晰，有着开阔和卓越的政治远见。她知道，帝王家的儿女，都逃不脱利益、政治联姻的悲哀命运，这是无法改变的事实。但是，至少可以争取一桩较好的姻缘，或许会给卫国带来安全保障和最佳利益。在年轻的许穆夫人心中，如何让自己的终身幸福既有托付，又能利于卫国的发展和稳固，这是她必须争取的。这不是简单狭隘的利益观作祟，而是一种牺牲小我成全大我的无畏精神。她既站得高又望得远，有着过人的胆识、成熟的心智、练达的情商，才出嫁年纪的她，就已经拥有了炽热的情怀和博大的胸襟。

春秋战国是一个群雄割据时期，处于战事爆发频繁的敏感时期。卫国是一个不太强大的诸侯国，与齐国、许国毗邻，当时两国国君都有意迎娶这位出众的公主。对于这两国的国情、国力、国君，卫国宫廷众人是非常清楚的，许穆夫人意嫁更为强大的齐国。齐国距离卫国相对近些，卫国一旦发生战事等无法预料的突发事件，齐国可以及时来助。而当时齐国的国君即后来被称为春秋五霸之一的齐桓公，无论国家综合实力、军队战斗力、君主个人魅力，都是不可挑剔的最佳女婿人选。可是，鼠目寸光的卫国国君，因贪图许国国君聘礼的丰厚，执意将许穆夫人嫁与了许穆公，这不但是许穆夫人一生的憾事，也算是卫国人的遗憾事吧。在卫国遭到他国进犯时，立即挺身而出的，不是许国，而是曾经失之交臂的齐国，齐桓公派了儿子挂帅，支持军队，支持物资，支持建设，支持卫国人收复了河山。当然，这与许穆夫人的外交努力是分不开的。

说起卫国的衰败，且先说这位亡国国君卫懿公。这位与许穆夫人同样千古出名的国君，和妹妹享受的礼遇却大相径庭。许穆夫人是爱国主义正能量的化身，而卫懿公却是丧家败国的负面形象。卫懿公表现出的渺小，更映衬了许穆夫人的伟大。这是何因?

据说，这位卫国第十八代国君有一嗜好，十分喜欢鹤。他有御封的鹤将军、鹤娘娘，出门同辇，睡觉同席，鹤的地位比朝中士大夫们的待遇还优越，真真的可笑至极。他还做了一件极富创意的大事，为了饲养他的鹤，不仅投入人量财力物力，还向老百姓额外征收“鹤捐”，如此荒唐，史所罕见！有诗云：“曾闻古训戒禽荒，一鹤谁知便丧邦。荥泽当时遍磷火，可能骑鹤返仙乡？”说得就是这位丧国的卫懿公。

尽管卫懿公是国君，但是宫廷贵族、卫国老百姓，还有远嫁的许穆夫人，都希望国泰民安、国富民强。可是，一场北狄部落入侵卫国的浩劫，将卫国人民推向了水深火热中，群龙无首，卫国处在灭亡的边缘。按理说，身为许穆夫人的丈夫许穆公，眼见妻子家有难了，应当义不容辞地去支持、去保卫，至少也该从语言上开导，从情感上温暖。可是除了按兵不动外，许穆公竟派人将正奔波于各国、尽全力游说支持卫国战事的许穆夫人劝回家。这一行为，遭到了许穆夫人的坚决抵抗，祖国有难，人人有责，岂有袖手旁观之理！悲从心底来，她愤慨，悲哀，心痛，各种情绪纷乱交织：

载驰载驱，归唁卫侯。
驱马悠悠，言至于漕。
大夫跋涉，我心则忧。
既不我嘉，不能旋反。
视尔不臧，我思不远。
既不我嘉，不能旋济。
视尔不臧，我思不閟。
陟彼阿丘，言采其蝱。
女子善怀，亦各有行。
许人尤之，众稚且狂。
我行其野，芃芃其麦。
控于大邦，谁因谁极！
大夫君子，无我有尤。
百尔所思，不如我所之！

一首《载驰》道尽了心中情怀。《载驰》是最早的爱国主义诗篇，千古绝唱。作者许穆夫人因此也成了中国第一位爱国主义女诗人。

泉水乃万物至柔至刚的性灵之物，洁净纯澈，令人充满了美好的想象。《诗经·邶风·泉水》中，许穆夫人的心儿在荡漾，念念不忘的家乡啊，有一股泉水，一直在心中涌动流淌。刚似《载驰》，纤有《竹竿》：

毖彼泉水，亦流于淇。
有怀于卫，靡日不思。
娈彼诸姬，聊与之谋。

出宿于泲，饮饯于祢。
女子有行，远父母兄弟。
问我诸姑，遂及伯姊。

出宿于干，饮饯于言。
载脂载辖，还车言迈。
遄臻于卫，不瑕有害？

我思肥泉，兹之永叹。
思须与漕，我心悠悠。

驾言出游，以写我忧。

从诗经中走来，从历史中出落，从泉水中映照，许穆夫人那坚毅的目光，千年投射，投影在千年后的今天，有人轻轻地吟诵着爱家爱国爱自己！

左棻：性清者荣

依萍一梦半浮生，未觉梅瓶细韵轻。碧水几时犹有意，莲枝百转坐台擎。

时光开片，岁月印痕。女人的一生，应当有风含情水含笑的春韵，有荷叶田田的潋滟夏望，有风吹麦浪时的金色阳光，亦有皑皑冰倩中的清绝而立。女人的一生，仿若一只遐思无限的万花筒，每一瞬间，每一姿态，每一绽放，都有不一样的精彩纷呈。女人的一生，在残缺中完美，在破碎里成全，在寂寂时会当凌绝顶。

她的一生，因为少爱而博得一种最为澄澈的大爱。

她是左棻，西晋女文学家。

提到“洛阳纸贵”这个典故，几乎人人皆知。满世界浮华烟云充斥着，繁花似锦紧锣密鼓得围泄不通，造次的喧嚣没个消停，谁能静下心来拭去明珠上的蒙尘，让明镜清亮如初？或许，当人们闲暇下来，真心抵达历史的某一隅，有一天，现实中也会有“洛阳纸贵”的再现，那将是一件极大的幸事啊！在耳鬓厮磨里，有一些声音继续传递着生命的物语。十年磨一剑，左思磨出了一声巨响，激起了千层浪，一首《三都赋》成就了“洛阳纸贵”的千古美谈，成就了左思的美名传扬，风靡当时，惊艳后世。同时，他也在无意间使一位才情卓越的女子盛名远播，这人便是他的妹妹左棻，并由此改变了左棻的人生道路，影响了她的一生，这到底是幸还是不幸呢？

翻开历史的册页，慢慢去寻找那些淹没了的故事因由，或有真相在其中。

20世纪70年代出土的一块墓碑，揭晓了这位晋代女诗人的生平之谜：左棻，字兰芝，齐国临淄人，晋武帝贵人也。永康元年（公元300年）三月十八日薨，四月廿五日葬峻阳陵西徼道内。记载极为简略，却意义非凡。循着这块墓碑的镌刻内容顺藤摸瓜，一位出色的女文学家形象慢慢浮出水面，一幕幕、一点点绵延开去，光阴倒流到那个年代，慢慢追忆那段岁月清浅。

西晋历史上有一位“常乘羊车，恣其所之，至使宴寝”的皇帝，他便是左棻的丈夫晋武帝司马炎。晋书中有传：“晋武帝‘多内宠’，平吴后，复纳吴王孙皓宫人数千，自此掖庭殆将万人，而并宠者甚众，帝莫知所适，常乘羊车，恣其所之，至使宴寝。”此等创意，真是旷世惊艳，堪称天下独一无二的策划，唯君版权所有，千古奇闻，甚为可笑。但是，他的娱乐创新还不止这一桩，就因他的奇思怪想，让他抓住了舆论头条热点——左思闻名遐迩，左思的胞妹、才华出众的左棻也跟着火起来。久而久之，这名字如雷贯耳。一位君主，从不缺绝色佳人，不缺锦衣罗缎，不缺良臣美将，江山都是他的，他缺什么呢？他想，他是缺左棻呢！缺一位可以衬托他有文学修养的女子，缺包装成文化人的行头。如果纳左棻入宫，伴其左右，不是提高了自己的文化形象，彰显了自己的才情嘛！一不小心，左棻便成为皇宫的文化品牌，皇帝的笔墨代言人了。

其实，左棻的入宫，实属无奈之举，想来这是天注定吧，左棻虽貌丑，竟也被皇帝钦点成妃子。

宫廷中的人都是这样看待左棻的，这个女人太过平凡，据说嫔妃们大多不屑于她。皇帝只同她只吟诗作赋，从来无关风月。她自己空闺独守，唯用笔墨打发时间。有一首左棻自吟的《啄木》，有学者研究，这就是她人生和心境最清楚明了的写照。

南山有鸟，自名啄木。
饥则啄树，暮则巢宿。
无干于人，唯志所欲。
此盖禽兽，性清者荣，
性浊者辱。

这是一只平凡的啄木鸟，却有着不一样的品格、性情。似左棻卓尔不群、清洌淡泊。诗中对心性的描写、归宿的看待、随安的坦然、姿态的论述、志向的表达，无不体现着一位诗人真正的品行，那是“悠然见南山”的放下。在庙堂背后，在后宫里，一样可以看到清新的日升日落，闻见美妙的鸟语花香；一样可以望见闲庭花落，数细水长流；一样可以领悟“行到水穷处，坐看云起时”的真境界。隐者，隐于大千世界最高处最繁华处，这才是真正的隐者，左棻即是。

看清、认准、随遇、豁达，这是在烟火疼痛中微笑的女子。能忍感情的空寂，能赋无心的诗篇，能隐美丽的翅翼，能悟生命的真谛。人生无常，无法改变命运的安排，唯一能改变的是自己的一颗心，紧紧地真诚地守护着自己。宫廷纷争，即便容颜再平凡的她，因为常常在帝王面前优容地吟诗作赋，免不了遭到后宫嫔妃的暗暗挤兑。

晋武帝是一位附庸风雅到极致的人，凡是宫中新鲜趣事、红白喜事、得失心情，这位时常显摆“文艺范”的皇帝，定会招来左棻写诗作赋，记录下一次次的宫廷要闻。于是，左棻就成了皇帝的一支御笔，或歌功颂德，或建档立案，或诗情画意，凡是能记录的想记录的人事物，晋武帝都让左棻陪伴左右。这样的角色，似现下的机要秘书。当然，在西晋时人们并不知道“秘书”一词，左棻无意间就成为了皇帝的文秘，也算是有记载的中国第一位机要秘书了。

遇到晋武帝心情郁结时，身为秘书的她，不是安慰，不是规劝，不是心理辅导，而是让同他不一样心境的左棻依据他的心情赋诗出来。身为女子的左棻只能通过自己的观察、感触、悟性，将皇帝想要描摹的画面、情感揣摩出来，这个难度极大。不但要有即咏的文采，还要具备超人的敏锐力和洞察力，更要对时事政治多加了解和留意。帝王心，海底针，不是一般人能读得懂的，少有偏颇和差池，就会惹恼皇帝。

左棻进入后宫后，不能为自己吟诵诗篇，多服务于皇帝的喜好。这种没有自由，没有空间，没有想法的作诗状况，或许是诗人最痛苦最悲哀的事情吧。

皇帝爱“才”，对左棻并没有男女之情。可晋武帝忘了，左棻也是他的妃子，却极少得到宠幸。除了貌丑，更重要的是晋武帝宠幸妃子有一个“爱好”，他让羊车拉着他自己在后宫乱逛，羊车在哪位妃子宫门前停下，他就按照羊的选择夜宿其宫中。这办法有“创意”，却透着荒谬劲。明白其中奥妙的嫔妃，每天总是准备着鲜嫩的绿草，偷偷撒在宫门外，等待羊儿来啃草……左棻对此不屑于顾，因此得到宠爱的机会更加少了。

不见爱情花开，但见文学殿堂。一首《离思赋》，奠定了左棻在历史上的文学地位：

生蓬户之侧陋兮，不闲习于文符。不见图画之妙像兮，不闻先哲之典谟。既愚陋而寡识兮，谬忝厕于紫庐。非草苗之所处兮，恒怵惕以忧惧。怀思慕之忉怛兮，兼始终之万虑。嗟隐忧之沈积兮，独郁结而靡诉。意惨愦而无聊兮，思缠绵以增慕。夜耿耿而不寐兮，魂憧憧而至曙。

风骚骚而四起兮，霜皑皑而依庭。日晻暧而无光兮，气懰栗以洌清。怀愁戚之多感兮，患涕泪之自零。昔伯瑜之婉娈兮，每彩衣以娱亲。悼今日之乖隔兮，奄与家为参辰。岂相去之云远兮，曾不盈乎数寻。何宫禁之清切兮，欲瞻睹而莫因。仰行云而欷兮，涕流射而沾巾。惟屈原之哀感兮，嗟悲伤于离别。彼城阙之作诗兮，亦以日而喻月。况骨肉之相于兮，永缅邈而两绝。长含哀而抱戚兮，仰苍天而泣血。

乱曰：骨肉至亲，化为他人，永长辞兮。惨怆愁悲，梦想魂归，见所思兮。惊寤号咷，心不自聊，泣涟洏兮。援笔舒情，涕泪增零，诉斯诗兮。

此赋只能用出类拔萃来形容，可想当年的轰动。诗赋一气呵成，长虹贯通，句句珠玉，文采斐然。一阵阵酣畅淋漓地情感宣泄，一阵阵不道不痛快地呐喊，诗意奔腾，诗情流泻，一首不可多得的好赋！

钱钟书先生对这首《离思赋》高度评价道："宫怨诗赋多写待临望幸之怀，如司马相如《长门赋》、唐玄宗江妃《楼东赋》等，其尤著者。左棻不以侍至尊为荣，而以隔'至亲'为恨，可谓有志……词章中宣达此段情境，莫早于左《赋》者。"

人间情、爱情、友情、亲情，左棻一生都无法获得女子应有的爱情，或者暖人心窝的友情，但是她一直感受到亲情的力量、亲人的思念，唯有将这难以言说出的渴望，尽表在诗行里了。

自我去膝下，倏忽逾再期。
邈邈浸弥远，拜奉将何时。
披省所赐告，寻玩悼离词。
仿佛想容仪，欷歔不自持。
何时当奉面，娱目于书诗。
何以诉辛苦，告情于文辞。

和一曲感伤，痛一次心肺，左思《悼离赠妹》，句句都是爱的诉说。

悲也左棻，痛也左棻，爱恨不由左棻。

因为爱情不曾来过，也许没有那么多伤痛。因为爱情不曾来过，成就了其文学的高度。因为爱情不曾来过，有那么清凉的欲望澄澈着。她是最美丽的一代女诗人。

左棻，不痛！

班婕妤：步步生芳

步步芳华，频顾首，咫尺已然天涯。恩爱难全，当时只道是枉然。

修一世寂静、清远。怎敌晚风来急，催醒昨日阑珊，梦中人惶惶兮，犹记当初亦步亦趋的相守相知相惜。却是人生境遇几多沉浮，几多深浅，几多愿与不愿的纠葛、缠绵，让她放或不放，都成为了烟消云散的一幕美好过往，在宫扇中默默轻抚昔日华光。

班婕妤，西汉女辞赋家，被誉为中国历史上最完美的女文人。

说她完美，不单是某个阶段某些人对她某件事的歌咏赞颂，也不是文人骚客的无端热炒和褒扬，更不是因她的美艳绝伦而千古流芳。关于对她的美好描摹，历史线索太多，给予的想象空间也广，或许可从耳熟能详的的一些故事、一首诗词中去慢慢品读。一位鲜活、明朗的女子从诗意长河中走来，翻开了历史的一页篇章。

十五入汉宫，花颜笑春红。
君王选玉色，侍寝金屏中。
荐枕娇夕月，卷衣恋春风。
宁知赵飞燕，夺宠恨无穷。
沉忧能伤人，绿鬓成霜蓬。
一朝不得意，世事徒为空。
鹔鹴换美酒，舞衣罢雕龙。
寒苦不忍言，为君奏丝桐。
肠断弦亦绝，悲心夜忡忡。

众所周知，诗仙李白是一位洒脱不羁，豪情满怀，笔法浪漫的诗人，有人说他的诗作偏于主观主义，比较注重自我感受，自我评价。其作品以真诚、坦然、豪放动人。他曾经为一位美丽的女子所赋的《怨歌行》，就有这样的感受。

仅用十八句九十字，便将班婕妤花开花落的一生描摹得栩栩如生，以小见大，以点概面，以浅见深，通过个体宫怨女子的殊荣哀衰的故事，揭示古代后宫无常，君王无情，女子无奈的真实现状。是非成败转瞬空，爱恨缠绵怨无穷。中国古代宫廷女子，她们走过的人生路径，是一条铺满锦色，又长满荆棘的道路啊！有“春风得意马蹄疾”的如意，有“万里悲秋长作客”的悲哀，有“明朝散发弄扁舟”的幻想，亦有“泪洒枕巾无人靠”的寂寞，终归是“无可奈何花落去”的惆怅。

端庄贤惠，知书达理的班婕妤，也逃脱不了命运的捉弄。最初进宫时，汉成帝对她宠爱有加，甚至一度将之作为自己的“知己爱人”，贴己话、知心话都与她诉说，与她分享。不过这一切终是昙花一现，逝水东去，有情总被无情伤。

班婕妤乃班固、班超、班昭的姑母，班家以文学传家、以良将耀祖，不扬自显贵，能文会武者多。以德行、以风骨、以亮节立于庙堂。而班婕妤就是这些小辈的榜样，让班家少年多英挺，女子多贤淑，备受后人的尊崇和敬仰。

班婕妤是这样一位女子，为家族人，为各朝各代的后宫女子做了完美榜样。西晋博玄这样赞道：“斌斌婕妤，履正修文。进辞同辇，以礼臣君。纳侍显得，谠对解份。退身避害，云邈浮云。”高度概括了班婕妤作为后宫女子的淑德做法和淡泊境界。不是所有人都能体悟和感受到的人生真谛，她因为懂得，所以慈悲；因为慈悲，所以放下。

当时，汉成帝对班婕妤的宠爱，达到了无以复加的极致。蕙质兰心的班婕妤除了娇美绝丽的容颜外，知诗书、懂进退、有分寸是她作为良人、臣妾、知己的最大魅力。于是，温婉美好、才气极高的班婕妤就成了汉成帝最贴心的伴侣，相守不相离。品茗谈古今，掌灯诉衷肠，遥指星辰，拈花水月，朝朝暮暮地守候，千里共婵娟，也许，这是天下女子共同的心愿吧。

得宠时不骄躁，行为端庄贤良，王太后曾给了班婕妤极高的评价:“古有樊姬，今有婕妤。”据史书载，汉成帝喜欢坐辇外出游玩，而游玩时，自是不能少了体贴温柔的班婕妤，于是叫人做了更为宽大的皇帝车辇，以备两人同出同进的需要。不料却竟被班婕妤当众拒绝了，并称“贤圣之君皆有名臣在侧，三代末主乃有嬖女”，意为“古代的圣贤之君，都是名臣在其左右。而夏、商、周三代的末主夏桀、商纣、周幽王，才有嬖幸的妃子在坐，最终落得了国亡家破的境地，如我与你同车，不是与她们没区别了吗？”班婕妤不单懂得为人处世分寸，也能将贤明的理念默默灌输与汉成帝，以清朗情怀影响着自己的丈夫。

不过，历史上帝王的情感，有几位能做到长久呢？汉武帝对班婕妤也不例外。

有位舞姿轻盈、身轻如燕的女子，因舞技轻妙，能掌上秀舞，得其“飞燕”的美名。汉成帝游乐于阳阿公主府邸时，垂涎飞燕美貌姿色，将其收于后宫，后又将其胞妹赵合德一并召入宫，皆封为昭仪。于是，后宫格局就发生了微妙的变化。先是许皇后忌恨赵氏姊妹得宠，设小人扎针诅咒她们，被揭发后，许皇后被汉成帝无情废掉，立赵飞燕为皇后。对于贤惠有加的班婕妤，赵氏姊妹也将其列为眼中钉欲除之，后因班婕妤的慷慨陈词，一席肺腑之言感动了汉成帝，才免于一废。班婕妤从容道：“妾闻生死有命，富贵在天，修正尚未得福，为邪还有何望？若使鬼神有知，岂肯听信谗说？万一无知，咒诅何益，妾非但不敢为，也是不屑为！”这些话有胆有识，有智有谋，铿锵据理，最后才将处境化险为夷。但是，正是如此，班婕妤看到了丈夫的无情，看到了后宫的凶险，她感怀之余，知道了自己的未来，于是选择了及时放下，保全了自己，更赢得了美名。

新裂齐纨素，鲜洁如霜雪。

裁为合欢扇，团团似明月。

出入君怀袖，动摇微风发。

常恐秋节至，凉飙夺炎热。

弃捐箧笥中，恩情中道绝。

历史上最为幽怨的《团扇歌》（也名怨歌行）便诞生了。说是怨歌，其实是诗人情绪的挥发，情感的直抒，情意的表达，亦是早已参透其间的心苦悲哀，参透了人世冷暖，参透了生命本真。一把团扇，以物咏心境，以物喻遭遇，以物承载凄苦。一把团扇，在千百年轻轻的翕动中，成就了无数诗人的诗情怀想。纳兰性德的《班婕妤怨歌》《拟古决命词》、李白的《怨歌行》、崔湜的《婕妤怨》、陆机的《婕妤怨》、阴铿的《班婕妤怨》、徐贤妃的《相和歌辞·长门怨》、江淹的《班婕妤》、王昌龄的五首《长信秋词》，这些诗词歌赋似乎意犹未尽，有着浓烈的悲怨哀伤。其实，细想来，班婕妤她怨人生无常，怨落花流水终归去吗？她不怨，命里有时终须有，淡淡的一抹，才是生命的常色和最终色彩。她懂得，所以她心甘情愿在汉成帝驾崩后，默默守候在他身旁，陪佛灯长夜漫漫地度过。

春情不长，春花欲落，一去了无踪。生命的守候，原来可以这么简单。

上官婉儿：风月相知

观天下女子，凤飞于天，云头雍容端坐，好一派佳期丽景，美煞人也！可历史上，有几人？

她，权倾天下；她，光艳夺目；她，游龙戏凤；她将掌心的妩媚璀璨成了大唐文华。她在巅峰上行云流水，傲视天下风起云涌。

上官婉儿，唐朝著名女诗人，被誉为“无冕宰相”。

都说一位成功的男人背后，一定有一位贤惠的女子，这是毋容置疑的。那么，换作一位成功女子的身后，该会有怎么一番境遇呢？是有一位优秀男子的默默支持，还是有一个高门庭一路护航？实际上，但凡成功的女子，都会走过一条布满荆棘的不平凡之路，在一次次灼伤、抚平、隐忍中涅磐重生，最终才成就了辉煌！

这样的女子，这样的金凤，看天下，道古今，倾世间，铭丰碑者可谓凤毛麟角。唐代“无冕女宰相”上官婉儿或是其中一位。尽管后人对她的一生褒贬不一，但纵观历史云河，多少人能在谈笑间游龙戏凤？多少人能在挥毫泼墨间主宰沉浮？多少人能让才子学士们真正臣服、膜拜呢？虽然，她的人生收梢并不是那么完美，可她留给历史与后人的，是无尽的想象和发自内心的钦佩。她权倾一时，为皇帝出谋划策，在朝上舞文弄墨，游刃有余地游走在后宫和朝堂之间。

说起上官婉儿的成长和成就，先得提到上官婉儿的祖父上官仪，因在唐朝宫廷政变中站错“队伍”，导致一家被走上神坛的一代女皇武则天诛杀，满门抄斩。上官家被灭时，上官婉儿却出生了，这是一场生死离别的惨痛场景，那时，婉儿正在母亲郑氏的襁褓中。

母女俩被发落到掖庭中一生为奴。这条路既是坎坷波折之路，同时，也成为了上官婉儿摆脱命运的“捷径”。上帝为她关上一道门，却又为她打开了一扇窗。这是冥冥之中的注定吗？

据传，上官婉儿出生时，母亲郑氏梦见了一位手持一秤的巨人，巨人道：“持此称量天下士”。郑氏醒来喜出望外，想必一定会得一男孩，能秤天下士非男子不可，哪想竟是一姑娘，不由哑然一笑，这梦不足为信吧。当然，郑氏也希望此梦能成真，时常被这好梦萦绕着，于是轻笑问怀中小小的婉儿：“汝能秤量天下士么？”婉儿立即呀呀呀地应和着，郑氏乐呵地亲吻怀中的小女，母女俩便在这深宫中洗练着春去冬来的惨淡日子。

说起上官婉儿，多数人后来都知道她铁腕权利，能左右朝中之事，有辅佐君主的宰辅之风，与祖父上官仪相比，她有过之无不及的精干才能。可惜，她在掖庭长大，身为奴仆，要有多少机缘和刻苦才能让她在高高的庙堂上立于不破不败之地啊！在掖庭中，母亲郑氏一直陪伴着她，保护她，伺机为她寻找一个未来和归宿。也许在当时的境遇下，对于生于大门大户，嫁于高大门庭的郑氏来说，将心血倾于女儿的教育中，她还是可以做到的。母亲为孩子装上了一对美丽的翅膀，最终是否能翱翔于天，这靠个人造化了。

功夫不负有心人，郑氏在艰苦、凄寒、冷漠的桎梏重重中，能将上官婉儿培养成女皇武则天也一见倾心爱上的才女，是多么的不容易的事。面对武则天的当堂命题，上官婉儿从容不迫，字字锦色，文思斐然，令武皇大悦，当即拍板赦免其奴才身份，并让上官婉儿陪伴左右，掌管皇帝诏告，一时殊荣无限。人说，地狱到天堂，只是一线间，看上官婉儿的成长，确也如此。

上官婉儿的奇遇和经历，实际上是“宝剑锋从磨砺出，梅花香自苦寒来”，人生从来没有那么多捷径可走，想要春暖花开，就要接受春夏秋冬的载载洗礼。

婉儿常伴君王，面对朝臣，她深知官海沉浮，玄机四伏，走错一步，都可能成为被“砍头”的借口。因此，她很懂帝王心，能知帝王意，能周旋于众多的朝廷大臣之间，也能巧妙地协调好皇子皇孙和后宫嫔妃等的人事关系。这些本事让上官婉儿很得武则天的宠爱和信任。

人说“久走夜路会撞鬼”，上官婉儿也不例外。因为性子的直率和心思的坦白，有一次她忤逆了武则天的意思，触动了帝王的容忍底线，为此，处与黥面之刑，以作警示。死罪可免，活罪难逃，这样的模样怎么出去见人呢？于是，婉儿发挥自己的创意，巧慧地将这枚印记刺成红梅似的花朵，并剪下一撮秀发掩之。在飘逸的刘海下，梅朵隐现，甚是妖娆而妩媚。不想，这样的不得已为之，反而引领了唐朝的时尚新潮流，长安城外的女子竞相模仿，红梅妆成为了大唐的一个标志。现如今的女子，也喜欢在额前缀一缕清新的刘海，想来，这个装扮的始祖便是上官婉儿吧。

在政治上手腕厉害的“巾帼宰相”，在诗文上其实也是好手。她道：

叶下洞庭初，思君万里馀。
露浓香被冷，月落锦屏虚。
欲奏江南曲，贪封蓟北书。
书中无别意，惟怅久离居。

这首《彩书怨》，是上官婉儿留存诗作中最优秀的一首。许多人都认为这是她写给被废的太子李贤的。李贤是上官婉儿的初恋，也有人说上官婉儿本来是李贤的陪读侍女。这对少年少女，一个英俊，一个娇美，时时相处，日日相依，产生情愫亦是情理之中的事情。他们一个是人之龙，一个是人中凤，本是天造地设的一对。他们不问前尘，不说过往，也不道纷争，璧人相对，必有心心相印的一段美好。但是，最终身不由己啊，他们都有自己的坚守和使命，宫廷中的爱情终归是一件奢侈品。武皇帝让上官婉儿亲笔一封诏书，结束了李贤的生命。这件事对于上官婉儿来说，是何等哀伤和悲痛！

诗中溢满了上官婉儿深深的思念之情、秋日情怀，清冷物景的烘托让内心越发凄寒。“冷”“虚”，这是秋天风来了的徐徐感觉，有种失落的薄凉，一物一关情。一个“贪”字，详尽心中难耐，急切地张望、守候，待到梦想成真，满纸诉说着分离时的不舍。这里一个“惟”字非常出彩，渲染伤别离，令人产生空等候的遗憾。上官婉儿的诗多为应制诗，这样的抒怀有感而发极少，《彩书怨》当是精品。明末竟陵派诗人钟惺在《名媛诗归》卷九赞道：“能得如此一气清老，便不必奇思佳句矣，此唐人所以力追声格之妙也。既无此高浑，却复铲削精彩，难乎其为诗矣！”

上官婉儿的才华、风采，可能从仅留存的32首诗歌中不能窥探出全貌，但从上官婉儿对唐诗发展作出的贡献来感知，足以体会到这位“秤量天下士”的女子在文学上的分量。在当时的诗坛中，婉儿足以让天下文士为她倾心。这不是虚拟的镜花水月，而是事实，是一笔浓墨重彩的存在。她劝说李显设立修文馆，广召当朝词学大臣、学士，大力开展文化活动，组织文化交流，引领文化潮流；她以朝廷的名义，大场面主持风雅的诗会，诗会的参与者上至中宗李显、皇后韦氏、公主长宁、安乐，下至朝臣、名士、诗人等。在诗会上不乏争论、交流之风，他们修文造句，人人唱咏，时有唱酬，这样热闹的场面实乃当朝一景。

附庸诗会的皇帝、皇后、公主，多由上官婉儿捉笔操刀，在座者均知晓，极力追捧。才子都想有一个机会展示自我，拔高自己的形象，通过诗文得到上层的青睐，谋得梦寐以求的职位，这算是最捷径的仕途路子了。所以，个个气势高昂，人人一决高下。而婉儿作为皇帝钦点的品评裁决者，她簪花字体圈中的人儿，除了重金褒奖外，必定前途无可限量。于是，一时间掀起了重文赋诗的热潮，热爱诗歌的文人学士越来越多，文风越来越多样。

有时，这些盛况空前的诗会会从皇宫后院中，移到婉儿的别院里。别院是她倾力打造的小筑。其间筑石引泉，雕梁画栋，构筑美妙。在这样美妙的环境中，上官婉儿与众多的才子才俊，与诸多的高官名士一起唱酬歌咏，好不惬意。中书侍郎、大诗人崔湜便是其中突出的一位，他通过与上官婉儿甚至是韦皇后的诗歌唱酬，展示了才情，赢得了青睐，取得了政治信任，从而顺理成章地达到了仕途诉求。听闻诗歌才能可以助推仕途前景，于是朝廷内外刮起一阵旋风，人人争作诗，个个展才能，他们都想在婉儿面前露一手，以博取关注和眼球。

当然，朝廷选拔任用人才，哪会这么简单。不过，同等条件下，因为诗才而被任用的可能性还是存在的。因为上官婉儿喜欢诗歌。但是，如果长期擅权，迟早会引起皇帝的不满，势必为自己惹来麻烦。据史书记载，正因上官婉儿能清醒地、正确地给武皇帝提出各种建议，二十几年的侍奉中，武则天一直信任有加，将婉儿作了自己的一面明镜。可想而知，在武皇帝手下能侍奉这么久，一定也是步步惊心呢！

释子谈经处，轩臣刻字留。
故台遗老识，残简圣皇求。
驻跸怀千古，开襟望九州。
四山缘塞合，二水夹城流。
宸翰陪瞻仰，天杯接献酬。
太平词藻盛，长愿纪鸿休。

上官婉儿的《驾幸三会寺应制》，辞藻清丽，文风清爽，精妙雅致。谢无量说：“婉儿承其祖，与诸学士争务华藻，沈、宋应制之作多经婉儿评定，当时以此相慕，遂成风俗，故律诗之成，上官祖孙功尤多也。”赵昌平又道：“上官体之精微处由掌中宗一朝文衡的婉儿而积极得到发展。沈宋之属后来居上，经张说、张九龄而影响于王湾、卢象以至王维一脉，更下开大历诗风。这一系直到晚唐都是唐诗发展史上的雅体。”

千秋功过，武皇帝留下无字碑任人挥书定论。而对于与武皇帝并肩战斗的女首相上官婉儿，从唐代到今天，不知有多少评论，多少书籍，多少电视剧演绎着上官婉儿的故事，但真正懂她的人有多少呢？又有多少人如她一般的智慧、有才情，放眼历史风云，天下几人同！

她是独一无二的诗人婉儿，政坛上的神话！

江采苹：春鸟啾啾

十年荣华，十年枯槁。生命之树，但凭甘泉雨露滋养，任由风雪雷电驰骋，茁壮时碧翠岁岁荏苒；荒芜时，谁一个苍凉的手势，颠覆了沧海桑田的变迁？

一声婉笛，一舞惊鸿，一曲飞歌过楼头。自古儿女为情忧，心幽幽，思悠悠，这载不动的几多愁，都付与当时月，明朝愁，一首《楼东赋》留与春秋。

江采苹，中国最美的花神。

唐代诗人李群玉有一首《长沙九日登东楼观舞》的诗歌，据说是对“惊鸿舞”的唯美素描，飘飘衣袂，绿腰款款，轻质曼妙，水袖长空，一瞥惊鸿，令人心动神往。

南国有佳人，轻盈绿腰舞。
华筵九秋暮，飞袂拂云雨。
翩如兰苕翠，婉如游龙举。
越艳罢前溪，吴姬停白纻。

慢态不能穷，繁姿曲向终。

低回莲破浪，凌乱雪萦风。

坠珥时流眄，修裾欲溯空。

唯愁捉不住，飞去逐惊鸿。

这就是对“惊鸿舞”的传神写真，说不出的妩媚、飘逸，道不尽的轻盈、婀娜。据说，“惊鸿舞”已失传，当下，或不能再还原这绝妙的大唐飞歌，但是，在热播剧《甄嬛传》中，莞贵人甄嬛的惊鸿一舞，深深地搅动了君主的心海微澜，可见其身、形、意如何轻曼、倾城、绝美。雁击浩空，舞动天下，她是曹植《洛神赋》中描摹的“翩若惊鸿，婉若游龙，荣曜秋菊，华茂春松”的美好化身，她是“惊鸿舞”原创者，大唐“梅妃”江采苹。

大唐盛产文人，盛产美女，也盛产文人美女。这些多少得力于上官昭容为文化产业作出的贡献，她营造的大环境，引导了文化事业的厚积薄发，催生了诗歌土壤迅速升温。不论阶层，不论男女，不论职业，作诗吟对非常风靡，在生产中写意，在游玩里抒情，在闲暇时省悟。当然，也有人将诗歌作为战斗的利器，直指要害。

都说三个女人一台戏，中国古代后宫中，重重幕幕都是一台女人的戏剧，文斗武斗智斗，件件精彩。不过，说起最有价值的无非文斗了，这样的形式，为文学宝库增添了财富，更重要的是拓宽了历史研究的题材和范围，是必不可少的佐证之一。

据传，唐玄宗李隆基的两位爱妃江采苹和杨贵妃曾经文斗了一番。起因其实很简单，一个受宠了，一个失宠了，她们各自体现了一种美丽，一种气质，一种姿态，冲突自然而然就产生了。其实，她们的性格和为人都不极端、尖锐，只因立场不同，只因同侍一夫，不得不女人为难女人。

“梅妃”江采苹是一位冰清玉洁的女子，性子温柔谦顺，做事通达开明，琴棋书画样样精通，在李隆基眼里，她就是上天派来的天使，她就是“梅精”的化身，清骨傲然，卓尔不群。唐玄宗对她的宠爱，十多年圣眷不衰，足以说明她魅力不可挡，相知相悦不曾清减半分。当然，这些都是唐玄宗在遇到杨玉环之前的事情了，现已无法追溯具体情形。

遇见丰韵、青春、妩媚多情的杨玉环，是唐玄宗的缘，却是江采苹的劫。荒唐的唐玄宗独宠杨玉环的同时，不再恩爱昔日的爱妃江采苹，曾经的梅园不是冷宫已然胜似冷宫。于是，极其苦闷的“梅妃”便施展才情，以诗文的形式慷慨祝贺自己的夫君得了美人，诗道：“撇却巫山下楚云，南宫一夜玉楼春。冰肌月貌谁能似，锦绣江天半为君。”诗作看似夸赞皇帝喜迎了一位花容月貌的女子，实则暗喻这美人儿经历不单纯，体态肥硕，有讥讽之意在其中。或许沉浸美好中的李隆基没有看出一二，可冰雪聪明的杨玉环却心知肚明，按捺住情绪，轻笑中回复道：“美艳何曾减却春，梅花雪里减清真。总教借得春风草，不与凡花斗色新。”

这诗意明丽，要旨鲜明，回敬得十分到位，诗情不亚于从小就才学横溢的江采苹，这对决两人旗鼓相当，不分胜负。历史上没人称杨玉环为诗人，但是，这样出彩的诗作倒是让人眼前一亮。她道：我呀，年轻，有活力，春花似我，不像一朵黄花，已然纤弱枯涸，过气了，有什么可比性呢！充满了不屑一顾的轻蔑，让诗人江采苹未占半分先机，倒是落了口舌是非。在杨玉环的大力鼓动下，喜新厌旧的唐玄宗不久将江采苹贬到上阳宫，自此，梅妃冷暖自知，一蹶不振。

她们其实都是中国最为美丽的花神，一静一动，一瘦一肥，一雅一媚，一傲一娇，犹如两株世间奇花。“梅妃”江采苹似一株傲雪的梅，她喜梅种梅懂梅画梅，梅耐寒经霜，在枝头间清绝而立；而杨玉环却似国色天香的牡丹，华贵、雍容，乃花中之王，吐蕊娇艳，令群芳自愧。十多年的相对，江采苹与李隆基彼此太熟悉，太恩爱了，他们之间存在着一桩没有隐私的爱情，注定会被鲜活的激情所替代，这是人间常情，无可厚非。江采苹并不是败给了情敌杨玉环，她是败给了光阴的苍老和无情。

也曾伤怀欲罢不能的坚持，曾经的恩爱说没就没了，一点退路和空隙也没留。于是，江采苹咬紧牙齿，抛却顾虑，放手为自己一搏。她想起了那位从福建莆田带她北上的宦官高力士，那么多年，都是高力士一路扶持，才有了她坚不可摧的后宫荣宠。也许，他仍然能改变她的一生，因为他曾经改变过她的前半生。打定主意，江采苹决定效仿陈阿娇，重金聘请人写一赋呈献唐玄宗，精明的高力士不想涉及其中，但也不好推却江采苹的意思，便建议江采苹自己赋诗，这样更加情真意切，更能打动皇帝。

高力士和江采苹的人生机缘，说来很奇妙。高力士的出现，注定了江采苹一生的命运。唐玄宗的爱妃武惠妃去世后的一段时间，李隆基伤心欲绝，这皇帝多情也痴情，且还算长情，加之倚重的大臣一一告老还乡，一时间，玄宗觉得自己的人生步入了秋色，有种难言的萧瑟落寞，沉浸其中不能自拔。眼看皇帝一天天消瘦下去，高力士十分焦虑。都说，如果要忘掉一段情，必定有一段新的恋情产生，消褪痛的痕，寻这味药势在必行。经过高力士张罗，玄宗同意了高力士的建议，不动声色地在民间寻访美人儿，这样的姑娘纯朴自然，比各地选送来得直接。高力士先从自己家乡开始遴选，如果真有家乡女子被皇帝看中，不是又有了裙带关系么。

高力士听闻福建莆田黄石镇江东村有一位才貌双全的姑娘，9岁能背诵名诗，15岁能写一手好文章，于是悄悄前往考察。正如众人说的那样，姑娘淡妆素裹，清丽出尘，婉约清莹。高力士一见，惊为天人。并且这江家诗书传家，江采苹作为独生女，其教养、品行、性格一一皆好。只因她喜梅，其父便在屋子前后种满了梅花。有梅的品格的女子人见人爱，皇帝自然也喜欢。高力士在玄宗的一段段爱情故事里，角色鲜明，每一次都尽心尽职为主子寻找心爱之人，杨贵妃也是高力士一手操办的金玉良缘。

江采苹《楼东赋》中道："玉鉴尘生，凤奁香殄。懒蝉鬓之巧梳，闲缕衣之轻练。苦寂寞于蕙宫，但疑思乎兰殿。信摽落之梅花，隔长门而不见。况乃花心飏恨，柳眼弄愁，暖风习习，春鸟啾啾。楼上黄昏兮，听风吹而回首；碧云日暮兮，对素月而凝眸。温泉不到，忆拾翠之旧游；长门深闭,嗟青鸾之信修。忆昔太液清波，水光荡浮，笙歌赏宴，陪从宸旒。奏舞鸾之妙曲，乘画鹢之仙舟。君情缱绻，深叙绸缪。誓山海而常在，似日月而无休。奈何嫉色庸庸，妒气冲冲，夺我之爱幸，斥我乎幽宫。思旧欢之莫得，想梦著乎朦胧。度花朝与月夕，羞懒对乎春风。欲相如之奏赋，奈世才之不工。属愁吟之未尽，已响动乎疏钟，空长叹而掩袂，踌躇步于楼东。”

千言万语，心心呼唤，都化作了一行行心泪刻在了心怀，这就是“梅妃”江采苹有名的诗赋，流传了朝朝代代，打动了无数人的心扉，可是最终没有打动唐玄宗远去的背影。其实，那一刻，唐玄宗也触动伤怀，想揽她入怀，但因杨贵妃劝阻，最后也只派人悄悄赏了梅妃一斛珍珠。

梅妃见了珍珠，伤心欲绝，写下来一篇《谢赐珍珠》：“桂叶双眉久不描，残妆和泪污红绡。长门尽日无梳洗，何必珍珠慰寂寥。”并将诗与珍珠一起送还给唐玄宗。这首江采苹的《谢赐珍珠》，收录于《全唐诗》中。唐玄宗感念曾经，触动颇深，于是叫人谱成曲子传唱，后来经过演变，就成了词牌名《一斛珠》。

唐玄宗的宠爱没能保全杨贵妃的生命，也没能守护曾经挚爱的梅妃。因为政变而逃离长安城的李隆基，撇下了江采苹，带着杨贵妃离开了。杨贵妃不活，江采苹也在叛军来时为守贞洁跳井自杀，就在她心爱的梅园里结束了自己的生命。待唐玄宗再度返回京都时，梅林深处，“梅精”已然消魂而去，伤痛之余，他写下了《题梅妃画真》：

忆昔娇妃在紫宸，铅华不御得天真。
霜绡虽似当时态，争奈娇波不顾人。

佳人远去，独留下《箫》《兰》《梨园》《梅花》《凤笛》《玻杯》《剪刀》《绚窗》的美好传唱，八篇无文赋在铮铮的清音中慢慢萦绕。

她依旧是“梅精”，中国最美丽的花神！

杜秋娘：莫待无花空折枝

三百唐诗，压轴之卷《金缕衣》。千古之谜，清音一曲《金缕衣》。

惜韶华，莫待春花空放。珍当下，岂等秋月折枝。花非花，雾非雾，从来花好不经年，载载不同。天之涯，海之角，唯愿山高水远万世长，岁岁同在。

经历是一本泛黄的藏书，不能人人皆懂，唯有情人默默体悟其中况味。有这么一位女子，她唱响了年年代代的《金缕衣》。

她是杜秋娘，唐代著名女诗人，中国历史上的原创歌唱家之一。

原创，原生态，彰显本初、朴实、自然的艺术形态，无论何时何地，都会受到热烈追捧。创造，个性，标识，在文学艺术、生活艺术等众多艺术领域里，不可复制，这是原创艺术中独一无二的特性，这也是艺术生命力常青的价值所在。

杜秋娘，便是一位原创歌者，所作《金缕衣》至今被人传颂。

劝君莫惜金缕衣，劝君惜取少年时。

花开堪折直须折，莫待无花空折枝！

《金缕衣》传唱了千年，千年经久不衰。并作为压轴的封卷之作收录到唐诗三百首中，这是一种难得的殊荣。

这首《金缕衣》短短四句二十八字，却魅力无穷，不但打动了后来人，在当时也极其轰动，从节度使府邸传唱到大唐后宫。暮年镇江节度使李锜为之着迷，甚至青年唐宪宗李纯也倾倒其中。不得不说《金缕衣》有着不一般的意味，可谓老少皆宜，不择层次，不限范围，登得大雅之堂，也唱得小阁之风，群众基础可谓厚实广泛。

不如试着剖析一下这唱词要义，探个究竟，到底这诗歌中饱含着怎样的哲思、蕴藉，能让君王臣工、让百姓和后来人珍爱呢？她唱道：这人世间的富贵荣华如过眼云烟，转眼成瞬间，就像君王这身金线衣服，华贵而璀璨，艳丽而光芒，可是，它的奢靡能留住你多少年少青春，承载你多少志向抱负啊！千百年后，谁还记得谁，而谁又记住了谁？不如趁着韶华美好，记住今朝，记住此时，记住人生没有白白走一遭。如果遇见有一朵灿灿的花正绽放中，为何不去采摘？光阴不等人，生命不由人，等待花落去时，只剩下枯枝败叶在风中孑然而立，独留下谁在时光中微微叹息，后悔当初错过了一段青青的故事任凭杜撰、走笔？

关于对《金缕衣》的诠释，版本尤多，但不外乎唤醒人心的颓废和满足现状的沉寂，警示人珍惜眼前，着眼当下，不要一味地痴迷享乐，不思进取。好花不常开，好景不常在，“花开堪折直须折，莫待无花空折枝！”这是劝人及时行乐，还是鼓动人向往美好呢？以李锜、李纯对杜秋娘演唱的惊艳和力捧情形，可得出一个结论，这首言简意赅的唱词，煽动性极强，深深地刺激了李锜和李纯的内心渴望，撩动了他们心底的那根弦，弹拨后的影响力无形而有力。

为何杜秋娘会作这样的诗歌，将其谱成曲子先在李锜处演唱，后又在皇宫为李纯演唱？这得追溯一段故事才能道清其中原委。

杜秋娘，姓杜名秋，“娘”是古代对女子的一种称呼，依据杜牧《杜秋娘诗（并序）》，可探一二。这里呼杜秋为娘，应该是一种尊称。“娘”在唐朝多义，妇女或老年妇女可称呼为“娘”，比如杜甫笔下的“黄四娘家花满蹊”就是对妇女的称谓，也有歌舞女子俗称为“娘”，“妆成每被秋娘妒”，白居易《琵琶行》中，对杜秋称呼为“娘”，或是艺名。但是杜牧《杜秋娘诗（并序）》中称呼的杜秋娘，饱含着尊敬和怜惜，这位在宫闱中曾大红大紫过的女子，如今晚景凄凉，好不生疼。那时的她，步步莲花、逶迤婀娜地走向唐朝的高楼台，是怎样实现她的“花开堪折直须折”的？须得从她的经历说起。

历史上没有文字记载杜秋娘是何时被卖到烟花之地为歌姬的，从李锜因其美貌和才情在15岁时将她买入府中的情形看，杜秋娘应是少时就被家人卖到烟柳场所，可想而知她家境贫寒，家世背景也非常卑微。不过，就后来她不平凡一生来看，杜秋娘是一位独具天赋的女子，冰雪聪明，一点就通。进入李府的杜秋娘，仍然是歌舞团的一名成员，只是从烟花地换到了私人府邸，从为大众表演转为为李锜专场演绎。李锜是荒诞享乐之人，从府邸有专门歌舞班子就可得知。这位和皇族血缘已经颇疏远的李氏后代，在唐德宗在位时期精于讨巧，获得信任，并恃宠而骄，控制了天下的榷酒漕运命脉。当权有钱，飞扬跋扈，这也为他后来被新皇帝诛灭埋下了伏笔。

进入李锜府邸的杜秋娘再也不愁生计，也不用献媚讨好，时间充裕起来，原本积攒的见识和才学，让她有了发挥的余地。世间万物一旦有适合成长的土壤，便会自然地拔高。于是，心中颇有想法的杜秋娘，不再满足于翻来覆去地演唱没有新意的旧曲目，开始创作自己心中的歌。这一大胆设想一经实施，随之而来的东西太多太多，多得她一生的荣辱兴衰都由此拉开序幕。杜秋娘凭借一曲原创《金缕衣》新颖而独特的视角，辅以美妙的歌舞曲调，使年过半百的李锜心花怒放。这诗词唱到了李锜心坎上，一时引之为知音，青睐有嘉，当即封杜秋娘为自己的侍妾。这对于之前飘摇无依的杜秋娘来说，算是不错的归宿。女人年华易老，青春易逝，繁花锦瑟几何时。尽管杜秋娘只是李锜的侍妾，尽管李锜已年过半百，但这一对少妻老夫却情意绵绵。

“劝君惜取少年时”，人不少年忒枉然，李锜苍老，他有一颗年轻的心陪伴年轻的杜秋娘。但是，他更有一颗蠢蠢欲动的权势之心，一直按捺隐藏着，如果给一个合适的机会，他就会顺势而为。当然，也得有天赐良机揭开他的欲望之泉。这机会终于等到了。

即位的唐宪宗，一改之前朝廷对地方势力的纵容，逐步加强中央集权制度，地方大员纷纷嗅到气味，特别是手握财权和大权的李锜。在唐宪宗明升暗降的政权策略下，预感到自己大势已去，且朝廷多次派人催促回京面圣，这让他非常不安，回去即是一个死字。这时的他惶惶恐恐，觉得富贵将尽，同时也觉得机会来临，自己培植的暗中势力也到了派上用场的时候了。经过思虑，以清除皇帝身边逆臣为由决定起兵造反。不想唐宪宗早有防范，朝廷力量终归是举全国之兵，怎是一个自恃兵丁强壮的地方大员可以比肩？

很快，朝廷就趁机铲除了这一盘踞多年的地方势力。李锜府中的女眷被没籍泯户，入宫为奴。杜秋娘也在这次兵败后以奴仆的身份入宫，重操起歌姬的老本行，只是这次的看客乃人中之龙——大唐天子李纯。镜中水月，前尘过往，一切都是难以预料和操控的，当初还恩爱的夫妻已然阴阳两隔，当初夫妻还共唱的《金缕衣》如今有了新知音，如乾坤大挪移，朝夕瞬息地更替着。在金碧辉煌的后宫，杜秋娘又唱起了曾经的“劝君莫惜金缕衣，劝君惜取少年时。花开堪折直须折，莫待无花空折枝！”而世间有着憧憬和理想的人，如果闻此曲，也许都有一样的感受，一样的惊艳，一样的如痴如醉，李纯亦是如此。

少年皇帝，大都抱负着宏伟蓝图，欲图更新。这《金缕衣》有一种惊警的振奋，此时正好贴着心的应景，这就是《金缕衣》的魅力。这是机缘巧合，更是一种注定的际遇。龙颜大悦的李纯一如当初的李锜一样心动，当即封杜秋娘为秋妃，一生陪伴左右，到了独宠的地步。宰相李吉甫曾纳谏皇帝应该多充实后宫：“天下已平，陛下宜为乐。”李纯却道：“我有一秋妃足矣！”不到30岁的唐宪宗对杜秋娘的痴迷和挚爱，情根深种，这不仅仅归功于杜秋娘的歌舞美色。其实，作为孤独的皇帝，得一知己，有一干将，时有玩伴，是多么美好的事情，而杜秋娘恰好都能给予，所以，何须再要她人？杜秋娘在宫中名仲秋，就像我们户口薄上的名字，呼为学名，好听好看，也有寓意。她不但是一位多才绝色的妃子，同时兼任了唐宪宗的贴身秘书。因此，在唐宪宗在位的十多年间，杜秋娘的人生锦上添花，李纯曾让杜秋娘依《金缕衣》韵重填一词，淡定从容的杜秋娘信手拈来道："秋风瑟瑟拂罗衣，长忆江南水暖时。花谢花开缘底事？新梅重绽最高枝。"诗中万千感慨，有暖心的记忆，她并没忘记，而唐宪宗并没有责怪和埋怨。人间无常"缘底事"，谁能说得清，如今用一种新的姿态绽放在更璀璨的高处，不正是"花开堪折直须折"的真实吗？

唐宪宗在43岁时不明原因地驾崩，是一桩悬而未决的公案，至今也没一个定论。随着李纯的离去，杜秋娘的人生华彩也即将落下帷幕。穆宗李恒即位，他对杜秋娘依旧尊敬信任。对拿捏不准的政事多有听取意见的时候，更是对她委以重任，将自己的儿子李凑托付给她教养，命其为"保姆"（这不是现代人眼中的服务于家政的保姆，而是负责培养皇子的老师）。杜秋娘无子女，将李凑看作自己的孩子教育辅导，倾尽了心血和爱意。只是，这么一位优秀的皇子，在唐穆宗死后的日子里，没有实权的他成了政治斗争中的牺牲品。

眼看着大唐的江山在宦官手中翻来覆去，年仅17岁的新皇帝李湛即位，可惜不久也被弑于内室。宦官再次拥立年幼不经事的李昂为帝，江山是李家的江山，已经沦为标签，实权早已旁落。焦虑着急的杜秋娘看着这一幕幕演变，最终忍无可忍，与宰相宋申锡密谋策划清除宦官实力，废除文宗，拥立李凑为皇帝。但这一计划最终胎死腹中，幸好未落下把柄，才得以保全了三人性命。李凑被贬为庶民，宋申锡谪为江州司马，杜秋娘削籍为民，赐归原籍。这段绚丽的"折花”岁月，就此封印。

后来，唐代著名诗人杜牧过金陵时，看望大唐秋妃杜秋娘，只见伊人虽在，却已物是人非事事休，穷困潦倒的杜秋娘寄身道观，先前靠官府救济生活，后来干脆连这一照顾也烟消云散了，只靠着借用邻里织布机，在凉薄的深夜里赶制布匹而勉强过活。她从民女、歌女、婢女到宫女、秋妃，再到最终的民女，一生沉沉浮浮，如今虽落魄，但魂犹在。

千年《金缕衣》，千年传唱的立志诗篇。一代歌唱家，中国原创第一人杜秋娘，“花开堪折直须折，莫待无花空折枝！”

花蕊夫人：共斗婵娟

“晓看红湿处，花重锦官城”，她从烟雨濛濛的生活中走来，她从锦色层叠的花海中走来，她是从后蜀的挽歌中走向大宋的初蕊，她是蜀都一枝独傲开放的芙蓉，她是翩舞的彩翼，她是月色下的凝脂，她集万千宠爱一身，值得让任何男子捧在手心上呵护生生世世。

她是花蕊夫人，巴蜀四大女诗人之一，中国民间的送子娘娘。

君王城上竖降旗，妾在深宫那得知。
十四万人齐解甲，宁无一个是男儿。

如果孟昶能从阎王府打马归来，如果他能听见爱人的悲切吟诵，如果他是一个好儿男、一位好君主……如果只是如果，其实很多事没有谁能预料。光阴不复返，利箭不回头，生命不重来，只看当下，唯听此音，花蕊夫人的切切情怀，怎一个悲鸣了得？河山易主，夫君猝死，一身孑然在大宋的后宫中，应景作这首凄楚的诗，多么哀婉悲愤。

自古男儿当自强，保家卫国是一种使命。男儿就是守护家园的铜墙铁壁，就是保护女人的坚厚臂膀。面对丈夫的不战而降，面对万万士兵的缴械投降，身为女子的花蕊夫人，唯有仰天长叹！

有人将后蜀亡归结于花蕊夫人:纵然不是第一责任人，也是负有连带责任的当事人。为什么会将这样的责任推卸在一个小女子身上呢？这得从孟昶与花蕊夫人的爱情故事说起。

进入后唐时期，朝廷顾前不顾后，呈一地鸡毛的零落现状。也就是在这样的夹缝中，稍有野心、有地盘的封疆大员都滋生了独立为王的邪念。于是，身为西川节度使的孟昶的父亲孟知祥，在唐庄宗被杀，明宗李嗣源新立，朝廷纷乱的大背景下，经过一段处心积虑的谋划，改旗易帜，建立后蜀政权。只是好景不长，励精图治的孟知祥成为后蜀主人后，不到一年就驾崩了，帝位传给了他的三儿子孟昶。富饶的成都平原，天险的屏障保护，以及孟知祥积累的毕生财富，足够即位后的孟昶好好发展，引领蜀国走向富荣强盛。只是，这位蜀国的新任君主可不这么想，他上台后的享乐主义膨胀，大行奢靡之风，其程度令宋太祖赵匡胤也瞠目结舌。据说孟昶投降后，宋军清理蜀国后宫的财富，发现了一件七宝装成的溺器，十分诧异，于是一并带回朝中，呈与赵匡胤御览。赵匡胤看后无不感叹道："溺器要用七宝装成，却用什么东西贮食呢？奢靡至此，安得不亡！"并命侍卫将其粉碎。从此物可见孟昶的奢侈程度，亡国也是必然。

那么，后蜀的灭亡，与花蕊夫人何干？从历史中捕捉，却也有干系。

拥有一个男人一生的挚爱，这是每位女子内心无比渴求的夙愿，花蕊夫人也不例外，而孟昶对她的宠爱确是如此。花蕊夫人本姓费，歌妓出身的她被孟昶封为贵妃后，荣宠从没间断。因为“花不足以拟其色，蕊差堪状其容”般的美好娇艳，被称为花蕊夫人。更重要的是，这位美人儿才情博学，诗冠群芳，从全唐诗中收录的诗歌数量来看，她是一位创作不断、佳作不断的奇女子。其中有浓艳的宫廷诗，也有活泼清新的写实诗，如“三月樱桃乍熟时，内人相引看红枝。回头索取黄金弹，绕树藏身打雀儿”，俏皮生趣，十足的女孩子心性。而在她被俘后押往开封的路途中，题壁于驿站的即兴诗，又充满了幽怨的国恨离愁，不是一般女子能把握的。这一去浮水烟云，前尘未卜，生死难料。

初离蜀道心将碎，离恨绵绵，春日如年，马上时时闻杜鹃。
三千宫女皆花貌，共斗婵娟，髻学朝天，今日谁知是谶言。

想起当初在蜀国，与孟昶的恩爱，何等的浪漫融洽，夫唱妇随。“冰肌玉骨清无汗，水殿风来暗香满。绣帘一点月窥人，欹枕钗横云鬓乱。起来琼户启无声，时见疏星渡河汉。屈指西风几时来，只恐流年暗中换。”这首孟昶在月色融融下的起意诗歌，是一首难得的佳作，有极高的文学水准和艺术修养，况味生香，琼碧清冽，暗结郁愁，他似预感好梦将逝，好花不长远，唯珍惜当下，愿心爱的人儿此刻，此时此景下快乐十分。这强忍的欢颜，只有孟昶自己清楚，大宋的铁蹄日渐逼近，这或许是与爱妃最后相伴的日子了。

种种迹象表明，孟昶对花蕊夫人的宠爱，导致了这位君主乐不思蜀，疏于朝政，只顾今朝有酒今朝醉。孟昶还有一嗜好，就是到了宫廷发饷的日子，他喜欢叫宫女们列成队伍，一个个从他手中接过薪水俸禄以及胭脂花粉钱等，从而几千人儿鱼贯而入，场面宏大，满足了这位君王极度膨胀的欲望。但是，又据史书点滴记载，花蕊夫人在与孟昶销乐的同时，时有提醒自己的丈夫将豪奢的用度精简，用于军队的装备和操练，将后宫的各类花销压缩，别铺张浪费。作为女子的花蕊夫人，她自然左右不了君主的喜好，以及朝廷的大事。身为皇帝的嫔妃，花蕊夫人力所能及地提醒和劝说，已经履行了一位妻子的责任，一位臣妾的义务，一位知己的引导。人间世事多变换，孟昶或许从没想过，王衍手中的前蜀是怎么灭亡的。他告诉花蕊夫人别担心也别疑虑，现在的蜀国有天险的屏障，任是一只飞鸟也难以进川。其实外面的世界已经变了，而这时的孟昶依旧还在芙蓉花丛中与佳人相偎相依，城里城外香如故。

生命是父母赐予的，美貌是上天眷顾的，智慧与才情，是先天和后天融会贯通的。花蕊夫人的许多诗词，都来自后宫游历时的闲情逸致。闭塞的后宫墙闱虽然阻隔了十里长街的五彩缤纷，但是对于有想法、有思潮，有才情的人来说，更激发其才能的展示。女子在后宫除了扑蝶摘花，绣鸳鸯折纸鹤，也可以吟诗作对，前两件是宫女嫔妃都拿手的绝活，论起吟诗作对，几千年的中国，历史上也就那么几个出众的女子堪称文中美凤凰，花蕊夫人便是其中之一。

自古女诗人、女词人敏感犀利，有棱角，许多的特别之处就构成了她们天生的诗人范儿，心有灵犀一点通。所以，普天下尊重诗人，爱慕女诗人。赵匡胤他就爱了，爱上了这位绝世容貌、文华集一身的女子。

孟昶到达开封面圣后，没几日便不明原因地暴死在自己的府邸，赵匡胤下令厚葬之。事后，花蕊夫人不得不代表家属进宫谢恩，也就是这次谢恩宴会上，花蕊夫人当庭吟唱了后世人传诵的《述国亡诗》，此时的宋太祖除了对花蕊夫人无比的爱慕，也饱含了深深的敬佩之意。此后，花蕊夫人被封为贵妃，连头衔都保留一致，再也没离开过大宋后宫。

在宫中的花蕊夫人时常想起在蜀都时的美好，或许，孟昶为她广栽的芙蓉花又开了，几十里的延绵何等的潋滟一色。当初他对她说：“洛阳牡丹甲天下，今后必使成都牡丹甲洛阳。”想念之余的花蕊夫人便将前夫孟昶的形象绘制成一幅画像，挂在室内常拜祭。一次偶然被赵匡胤碰见，觉得画上人物面熟，正疑问中，惊慌后的花蕊夫人忙镇定下来，连说这是送子的张仙，自己正祈祷为圣上添龙子龙女呢。这一说，太祖很高兴，事实就这么掩盖过去了。后来，后宫嫔妃得知有这一仙人，人人描摹一幅张仙画像偷偷地跪拜求子。再后来流传到了民间，孟昶成为送子仙人。有人咏道：“供灵诡说是神灵，一点痴情总不泯；千古艰难惟一死，伤心岂独息夫人。”花蕊夫人的不经意之举，成就了孟昶“送子仙人”的永恒名声。到了清朝，人们将花蕊夫人供奉成了送子娘娘，她是人们心目中希冀和美好的真实化身。

再美的女子，也经不起年华的摧折、岁月的洗礼、生命的蹉跎。历史上的宫廷剧步步惊心，充满了陷阱，巧设着接二连三的困局让人误入歧途，朝朝代代无休无止着从没停息过。曾有这么一天，一个风清明媚的日子里，一位年轻美丽的女子，轻轻地静静地睡在丛花中，胸口上开着一朵大大的艳艳的芙蓉花，她是花蕊夫人。一支丘比特的神箭，正中心口，那是赵匡胤的胞弟、后世的宋太宗赵光义用箭“封缄”，射向了爱恨情仇！这故事饱含着太多的臆想和猜测，任凭后来人去编撰、演绎，谁也不清楚其中的原委。有人说：“赵光义爱了花蕊夫人，爱得那么深沉。”

只有芙蓉花开的时候，有枝枝丫丫探过城垣残壁，红红的，自由的，无牵无挂的。又是一年秋来到，谁的心中有花一朵，“莫怕秋无伴愁物，水莲花尽木莲开。”深巷尽头，谁又端坐历史的风云口，明眸轻笑？

萧观音：唯有知情一片月

人生苍茫，迷雾深种，纵庭苑曲径而就，一片水月，一隅晴川，怎一个云遮蔽日，断了廊桥遗梦。

大漠苍凉，皓空朗朗，然渺渺茫茫一望无垠，一株异草，一笺芬芳，诉十阙回心婉转，埋葬黄沙凄怨。

她是草原上的彩凤，马背作脊梁，文殊荡心海，她是民族文化大融合的先锋，她是传道者，文华的开疆拓土人。

萧观音，少数民族第一女诗人。

中国文明的源远流长，文化的博大精深，中国历史的丰富多元，都与中华民族大融合有着不可分割的血脉联系。没有交融不会渗透，没有撕扯不会摈弃，没有反反复复的拉锯割舍，不会有今日璀璨的华夏文明。以华夏民族为核心的几次大融合，先从华夏族的孕育、迁徙、整合开始，再到魏晋南北朝时期汉族人去往边疆，少数民族迁往内地，特别是北方匈奴、鲜卑、羯、氐、羌等在黄河流域逐渐建立起政权，标志着各族人民大杂居的生活形态已十分明显了。而辽宋夏金元时期的民族大融合，除却生产生活的相互融合，更重要的是文化的交流融通，形成了前所有未的发展局面，其中最为丰富璀璨的当属辽文化，代表人物为辽道宗耶律洪基的第一任皇后萧观音。

历史上的冤假错案比比皆是。但是，历数众多案件，有一桩却非常蹊跷，不但影响了一个家族，一个王庭，更直接加速了辽国的衰败进程。单从这点看，就不是一般的小案件或者正常的案件。这个案件的“主犯”就是辽国的才女皇后萧观音。她是一个什么样的人儿？牵动了一桩什么样的大案要案，扼制了辽国的前程发展？先得从萧氏家族说起。

自耶律阿保机创建辽国以来，耶律一族成了辽国的第一大族，同时，与之比肩的还有一个根深蒂固的大家族，那就是萧氏家族。辽国的皇后基本都来自萧氏，旁落他姓的时候极少。这种联姻方式稳固而延续，两个家族强强携手，地位牢不可破。萧家将门虎女，历史上有两位皇后影响力最大，一位是辽景宗睿智的巾帼皇后萧绰，铁腕的政治人物；一位是辽道宗耶律洪基的皇后文殊女子萧观音，温婉的才情丽人。她们一刚一柔，一静一动，一张一弛，谱写了辽国女子的优秀篇章。萧氏女子彰显的风范，萧绰为一类型，她代表了契丹女子的普遍形象，而萧观音却是契丹文化和中原文化大融合后辽国女子的新形象，进取中有保留，融入中有冲突，创造中有难点。毕竟这不是一场彻底的文化革命，会形成一定的盲点和误区，萧观音就是踩了雷点的人，最终含冤而去。

史书上记载的萧观音自幼能诵诗，旁及经书、子书。长大后，容貌端庄秀丽，为萧氏诸女之冠。萧观音工诗、喜书、善谈论，并能自制歌词，好弹筝，尤善琵琶。以现代才女的标准来衡量萧观音的才情学识，其涉猎的广泛、爱好的多元、领域的宽泛、通古博今的底蕴厚度、修养的高度，都不能简单用才华横溢来定位这位契丹女子。会吟诗作画，善吹拉弹奏这样全能的女子，在汉族女子中也极少，何况能研究经典的国学要义，这样的女子就更少了。知识让女人胸怀开阔，才气让女人自信可爱，特长让女人妩媚多情，萧观音件件都抢了头筹。也许，这就是她磨难的症结所在。

辽国国玺传到耶律洪基这一代，从风俗习惯、思想观念、典章制度等都形成了一套完整的体系，有汉文化作坚实的基石，也保留了本民族的固有特色。这样日趋强大的国家，本应在君主手中开疆辟土，越发富强。而喜好渔牧狩猎的耶律洪基并没有将国家做强做大的意思，而是成天浸淫在这些爱好中，疏于政务，大权旁落他人。陪伴左右的萧观音，不得不以妻子的身份规劝丈夫要以国家为重，要以百姓为重。因此，本来对萧观音十分宠爱的耶律洪基慢慢地疏远了自己的皇后，从之前的相偎相依到难得一见的冷漠。一个思想已经脱缰、对正事心不在焉的丈夫，大多不喜欢有人喋喋不休。

失宠后的萧观音，在后宫寂寂的死沉中，因有一技爱好，渐渐地有了些生气。可夫妻曾经的恩爱，如何能放下？于是，她创作出了世人传唱的《回心院》十首，首首经典。“换香枕，一半无云锦；为是秋来转展多，更有双双泪痕渗。换香枕，待君寝。”“剔银灯，须知一样明。偏是君来生彩晕，对妾故作青荧荧。剔银灯，待君行。”这些日思夜想的曾经，萧观音不怨不恨，十首诗歌见不到怨气，唯见一心的守候和坚持。为了打动丈夫的心，萧观音请伶人赵惟一一起精心谱曲。一支玉笛，一曲琵琶，两人丝竹合奏将诗意演绎得婉转动情。

契丹族是一个游牧的民族，对于男女授受不亲这类事顾忌自然少，骨子里长存着敦厚和信任的美德。萧观音的这一做法，在往常也许就是一件很正常的事情，但是，在政治瞬息变幻的割据时期，一旦被人作了把柄，就是一桩说不清的事了，何况更有人添油加醋，让这一出戏有了盖棺定论的结局。这里的起因，源于萧观音有一位政治敏锐、能干的太子儿子。太子的参政议事必定会动摇一些实权派的地位，削弱得势者的利益，得势者就是一直把持朝纲的皇族、太子太傅耶律乙辛。

前朝政治会无声地波及宫廷后院，历史进程中多有这样的例子。

《回心院》没有打动耶律洪基，却让耶律乙辛眼前一亮，计上心来，一桩以诗为引子的冤案就此拉开序幕。耶律乙辛暗中找人写了一首叫《十香词》的艳诗，通过萧观音身边的侍女单登的里外串通，骗诱萧观音说这是宋朝皇后的佳作，如能抄卷一道，倒是一段佳话。正处于凄冷落寞的萧观音，看见这么艳丽多情的辞藻，加上贴身侍女的鼓动，便认真卷抄，同时附写了一首诗。本来这《十香词》就可以让萧观音受到致命一击，然而她作的这首诗歌引出的事端恰好是耶律乙辛愿意见到的，正好可以做实萧观音不守妇道，与人私通。诗道："宫中只数赵家妆，败雨残云误汉王；惟有知情一片月，曾窥飞燕入昭阳。"这首诗本来是萧观音感叹赵飞燕和赵合德的故事，却不曾想，诗中暗嵌了"赵惟一"的名字，世间就有这么巧的事，且之前两人一起时常研究音律，赵惟一经常出入萧观音的后院，这一切不得不让人生疑，更加有侍女单登的作证，这一桩大案就此生成了。事后，萧观音被赐死，饮恨长眠。太子自然而然地也被贬为庶人，后被加害也亡故。整个案件牵连非常广，等到耶律洪基醒悟的时候，妻儿已不在，家破人亡已成定局，辽国传到孙子手中，已经衰败。

辽道宗道：“皇后可谓女中才子！”

徐釚：“怨而不怒，深得词家含蓄之意。斯时柳七（柳永）之调尚未行于北国，故萧词大有唐人遗意也。”

若萧观音不辞世，她能最后打动丈夫的心，能成就更高的文华，能将民族文化大融合推向高处和极致吗？这些都不得而知。只知道，千百年后有位被人敬仰的少数民族女诗人，她叫萧观音。

刘细君：愿为黄鹄兮归故乡

悲时愁歌怎解愁，八千里云和月，江南可水暖、旧曾谙？怎不忆江南。

伤时离歌何来怨，一目苍穹杳渺，故乡几时还、青山外，乘黄鹄归兮。

少小离家不得回，她只有一个小小的心愿，归兮，归兮！

刘细君，西汉和亲第一女诗人。

在历史长河中，西汉是一个值得去寻根问底，好好品读的朝代，西汉留给后人的财富和瑰宝，任由司马迁的龙蛇走笔也未必能道尽。人们都记住了西汉的英雄大司马卫青，记住了天纵奇才的霍去病，飞将军李广，也记住了那些为西汉戎马一生的马上将军，黄沙掩埋的历数不尽的军士，他们都成了西汉历史的标签。打败匈奴，保卫疆土，护卫百姓，他们千里纵横，驰骋疆场，书写了西汉史上最辉煌的灿烂与厚重。

从汉高祖始，面对北方强大的游牧民族匈奴部落，几代皇帝励精图治，隐忍不发，只待积攒实力，一击必中！汉武帝就是这一宏愿抱负的执行者，他凭借杀伐果决的统帅能力，扭转了西汉一直不敢与匈奴正面交战的畏惧局面，将匈奴赶进了大漠深处，稳固了北方防御局势，取得了战争的主动权。这些英雄事迹都载录到《史记》中，千百年来受人称颂。但是，在战事的灰烬中，仍然有一些尚不被人熟知的故事，它们宛若一粒粒晶莹的珍珠，在残存的薪火中荧光闪闪，不息不灭。她们一样是英雄，是一群牺牲小我成就大我的民族女英雄，她们的奉献默默无闻，但在历史烟云中又显得那么伟大。

中国人都知道出塞的昭君，进藏的文成公主这些著名的女性人物，为后来人所熟悉和敬仰。也有那么一小部分为民族做出牺牲的女子，她们的功勋淹没在茫茫的银河中，却依旧闪亮。说起中国历史上早期的一位出塞者，她便是汉武帝的侄女“江都公主”、又称“乌苏公主”的刘细君，她为西汉与乌苏国的政治稳固做出了巨大的贡献，也是一位不可多得的才女诗人。

西汉与北方少数民族通过联姻，换来短暂的休养生息的和平局面，这是当时的时局需要，是一个重要的政治手段和外交策略。不管西汉政权强弱与否，这种做法一直存在，刘细君就是联姻的政治棋子之一。从中国联姻史上看，联姻的棋子大多是宫女、臣女等由皇帝册封为“公主”头衔的假公主，真正的皇家公主极少作为牺牲品去联姻，联姻双方大都心知肚明。但是，身为皇家嫡亲血统的刘细君，却是直系皇族，曾祖父刘启，祖父刘非，父亲刘建。祖父刘非与汉武帝刘彻是亲兄弟，这么一位金枝玉叶的公主怎么就被刘彻扔到八千里外的乌苏国了呢？

当年，丝绸之路的开拓者张骞第二次出使西域时，来到了与匈奴毗邻的一个较为富庶的地方，也就是乌苏国。乌苏国不但有较为多彩丰富的民风民情，更重要的是在军事地位上与西汉形成对匈奴一前一后的夹击地位，其军事地位险要。如果能与之达成政治军事联盟，必将为西汉钳制匈奴产生积极的影响。在张骞的建议下，西汉政权为了表示诚心和诚意，带了大量的财物去打通关节，但是，都没能撬开缺口。于是，不得不试试传统又管用的联姻方式。

其实，长期受制于匈奴、也有摆脱之意的乌苏国并没有一味地不合作，他们派出人员护送出使乌苏国的西汉使臣回国，其实质就是一次实地考察，想了解西汉政权实力。西汉的强大、西汉的繁荣、西汉的安居乐业，让乌苏国使者大吃一惊，在东方竟然还有如此富饶文明之地，于是，对这一桩联姻就当即拍板同意了，并且先纳了一千匹马的大彩礼，等待迎娶西汉公主。

西汉与乌苏国第一次联姻，况且乌苏国对于西汉政权极其重要，在这种情势下，如果还派出一位假冒的公主和亲，就显得不尊重对方。于是，汉武帝便想起了这位没有爹娘疼爱的宗室女子。这位女子现在还寄人篱下，冷暖自知，在这样的状况下，与去往乌苏国有何区别呢？或许，在乌苏国还能改变逆境，也算两全其美的好事呢。这位女子就是刘彻的侄孙女，刘建的女儿刘细君。可堂堂公主为什么会流落别家，没有至爱亲朋在侧？这得怪荒淫无度的刘建和飞扬跋扈的刘细君的母亲二人犯下的特大错误。这对双双被诛的夫妻抛下了年幼的孩子无所依靠，只得借寄于其他人家，后经汉武帝的儿子广陵王刘胥多番找寻，才得以认祖归宗。

刘细君冰清动人、丽质多才，深受广陵王的喜爱。在这节骨眼上，刘彻想起了这位侄孙女的好，皇家的气质、皇家的血统、皇家的资颜，是一位合适得不能再合适的人选了。就这样，孤女刘细君顶着公主头衔，一下子被西汉政权扔到了万里之遥的异国他乡。代表国家形象的刘细君，在浩浩荡荡的送亲队伍的护卫下，在大量财宝礼品的护拥下，来到了乌苏国。据《汉书·西域传》记载，刘细君出嫁时，汉武帝“赐乘舆服御物，为备官属侍御数百人，赠送其盛”。

到达乌苏国的刘细君，面对乌苏王昆莫的年老、语言不通、饮食不适、居住简陋等困难，彰显了大汉公主的手腕和能力。虽然不能经常见到乌苏王，但是通过一年几次的聚会，刘细君笼络和团结了乌苏王身边的重要人员，她的做法是“置酒饮食，以币帛赐王左右贵人”，以博取乌孙众贵族们的欢心，达到联盟的巩固。西汉与乌苏国保持了十年之久的政治联盟，这不得不说有刘细君的功劳。尽管匈奴也派出了自己的公主嫁与乌苏王，但是在这场政治角力中刘细君占有绝对优势。

身在他乡，心在汉朝，这是刘细君的内心写真。面对陌生的面孔，面对望不到边的群山峰峦，面对日复一日的寂寥，刘细君挥笔写下了“吾家嫁我兮天一方，远托异国兮乌孙王。穹庐为室兮旃为墙，以肉为食兮酪为浆。居常土思兮心内伤，愿为黄鹄兮归故乡”的感叹，这是中国第一首边塞诗，它区别于西汉当时以政治功利为色彩的诗词，具有开创的意义，抒情到位，直撼人心灵。这就是有名的《悲愁歌》，班固将其收录于《汉书》中。

如果说刘细君是汉代诗歌的一位拓疆者，已经令人钦佩了，那么，由她发明的琵琶，则体现了她对音律的绝对精通，更加完美地再现了她的创造性和实践性。这本是刘细君落寞之余的无意拨弦，却丰富了中国乐器的内涵，让中国多了一件令世界震撼的弦乐器，刘细君实在功不可没！

没有知音的刘细君，就这么在乌苏王专门为她建造的宫殿内，默默地望向远方，守护着祖国的利益和国家的期许，度过这漫漫长夜。

到了昆莫觉得自己快不行时，他的愿望是将小妻子刘细君嫁给自己的孙子军须靡，因为军须靡是现在的储君，下一任的乌苏王。这也算是对刘细君的真心爱护。可这看似荒唐，大义不道的“乱伦”，对出身汉室的刘细君来说，有侮辱的羞愤感觉。于是一封信件征求汉庭意见，毕竟她是代表汉室和亲的，这算是一种非常大的人事变化，得有朝廷的认可或授予才能答应。汉武帝接到禀报，回信曰：“从其国俗。”

故乡在山的那头，刘细君没能乘黄鹄回到日思夜想的家乡，在为军须靡生下女儿后不久，刘细君遗憾地与世长辞，完成了国家和人民赋予的使命，她是出塞女子中第一位成功的典范！

她是刘细君，她真实存在过，而且那么耀眼和伟大！

第二篇

未若柳絮因风起

有这么一群女子，她们生于世家，长于书香，嫁于高门。她们是秀外慧中的小姐，是见多识广的名媛，是博学高知的才女，她们翻手锦绣文华，覆手传世诗书。她们在浩渺的历史烟云中，璀璨长河中，吐露芳华，她们是一颗颗耀眼而明媚的星，她们史册彪炳，千古流芳！

她们是中国文化的一方缩影，是中国女子的一幕剪影，是中国文人的一道背影。

东晋宰相谢安道："白雪纷纷何所似？"，兄女道韫答曰："未若柳絮因风起"。笔墨飞花，随性起意，诗情饱满，这就是她们在日日夜夜的书香浸润中自然熏陶出来的才思。

这是一群有见地、有思想、有主张、有个性的古代女知识分子。她们有着优良的基因血统，有着与众不同的家世背景，有着不一样的人生历经。家族的文脉传承，家庭的开放教育，家长的开明思想，让她们可以自由地放牧生命的本真，以及性情的天真。天赋异禀的她们，或幽兰深谷，或山野蒲草，或院中牡丹，又或篱墙蔷薇。

她们是一群美丽的有着别样芬芳和炫丽色彩的水墨女子。

她们挥手便是一片云彩的诗情画意。

她们在水中央，人如月，夜夜月明中。

她们采撷的"珠贝"如今在我们的掌心上，颗颗粒粒，时时刻刻晶莹透明。

她们是中国古代女诗人，一群有着良好身世背景的中国古代女文人。

闪耀当空，岁岁绽放！

蔡文姬：人生几何时

纵是有情人，那堪无常事。奈何情深缘浅，怎个天妒良缘啊！

一年三百六十五，十二年岂是弹指一挥间？河东雨，大漠雪，焦尾琴，胡笳曲，哪一出，哪一弦，与君舞，为君弹，终归是凄凄忘川河边，茫茫天地人间，这一去，怎相忘，不难忘。

待到他朝故里还，把手一樽汉时月，与郎溯流而上，琴瑟在水一方。

蔡文姬，东汉文学家，创作了胡笳十八拍的美丽女子。

一阵噼噼啪啪的爆脆从隔壁传来，蔡邕连声说“不好”，赶紧奔出家门。小文姬紧紧尾随其后，不知父亲因何事如此激动紧张。

灶膛里吐着猩红的舌，一段粗壮的梧桐树正热烈地燃烧着，脆生生的噼啪声仍肆无忌惮地响动。蔡邕见状，略微着急地对邻里道：“太婆，这段梧桐树是制琴的好材料，我能否用其他木柴与您换？”“拿去吧，送给你们了。”太婆笑着将梧桐树从旺灶中取出，水浇火灭。

父女俩如获至宝地捧回家，清理焦皮，去掉杂物，遵纹理，依宫商，调音律，制成了一面不同凡响的古琴，人们赠与它一个别名——“焦尾琴”。这把琴与齐桓公的“号钟”、楚庄王的“绕梁”、司马相如的“绿绮”并称为中国四大古琴。

这一年，群雄纷争，天下纷乱，蔡邕带着年幼的女儿蔡文姬，避乱于常州溧阳平陵城东南高邃山下结庐而居。一家人在乡野间享受着日出而作、日落而息的田园生活，静怡而谐趣。父女俩你弹我奏，你写我画，好不快乐。此时的蔡邕，已是名满天下的大文学家、大史学家、大音乐家、大书法家、大画家，如今与女儿嬉戏在山水间，自是清音高亢，文书雅意，时有焦尾琴音娓娓拨弦，高起低弄，浅唱轻吟，惬意非凡。

有一天，蔡邕正在大堂中为弦断而气恼，不料屋内有清脆声音传来：“父亲，第一根弦断了呢！”蔡邕惊诧，悄悄地再弄断第四根弦，文姬当即再指出，蔡邕大喜！遂亲自教导女儿的琴艺。

小文姬的聪慧，父亲看在心里。小小年纪，不单是音律超人，在文学、史学、美学、书法上也有难得的好资质，于是蔡邕精心培养，琴棋书画史全面授与她。得了真传的文姬自是文华非比寻常。

转瞬间，蔡家有女初长成，婷婷玉立水中央。有道是“窈窕淑女，君子好逑”，她“博学而有才辩，又妙于音律”，哪家高门不爱呢！文姬16岁这年，河东世族的卫家迎娶了这位才学横溢的女子，夫君卫仲道，是一位出色的青年才俊，大学子。小夫妻二人志趣相投，琴瑟合奏，婚姻生活如胶如漆，羡煞旁人。

所谓是天偶佳成，天作之合。只是谁也没料想到，这样的缱绻时光，似流水落花一去，匆匆再匆匆。文姬与丈夫的好景不长，结婚不到一年，丈夫因咳血而逝。蔡文姬伤心欲绝，难以承受，而卫家人的冷言碎语，更是雪上加霜，这让心高气傲的文姬怎么能受得了？她不顾父亲的反对，毅然离开了卫家，回到了父母身边，回到那个充满了温馨和抚爱的家中。

东汉末年，天下大乱，诸侯揭竿而起，英雄、枭雄、佞臣，不分谁是谁非，谁好谁坏，凡得势者拥兵自重，要塞关口盘踞一方，形成了群雄割据的混乱局面。董卓算是其中的一支，他进军洛阳城后，把持朝政，将士子中威望极高的文坛领袖蔡邕笼络于旗下，一日连升三级，拜中郎将，后至高阳侯。但董卓为人倒行逆施，为天下人不齿，于是各方势力纠结欲除之。最终，董卓被司徒王允设计，被其义子吕布诛杀，而蔡邕在这场政变中也受到牵连，尽管不少士大夫为他求情，但终归逃不脱厄运。蔡邕的女儿文姬，在流亡中不幸被胡人掳去，被左贤王相中，纳为妾，在荒芜的大漠中消磨了十二年的光阴，任华年消逝。

文姬怎么会被胡人掳去？当时蔡邕不是身居高阳侯吗？虽说父女天各一方，但以蔡邕对女儿的宠爱，必定将家中一切安排妥当，使女儿不至于颠沛流离，食不果腹啊。

但是，世间事很多时候都说不清，特别是那个战争频发、社会动荡的年代。匈奴趁着中原大乱，长驱直入，烧杀抢掠，无恶不作，老百姓处在兵荒马乱的水深火热中，文姬随着逃难的人群流亡，受尽苦难和折磨。往事深深地扎在了她心上，她道：

平土人脆弱，来兵皆胡羌。
猎野围城邑，所向悉破亡。
斩截无孑遗，尸骸相撑拒。
马边悬男头，马后载妇女。
长驱西入关，迥路险且阻。

胡人侵袭中原，所到之处，尸骸成堆，他们摘下男人们的头颅悬挂于马上，身后滚滚的烟尘中，却是无数无辜的女子被作为战利品带回家中，这是一幅怎样的悲景图，已经无法用任何哀伤的语言来形容和诉说。文姬这首《悲愤诗》，成为中国诗歌史上第一首自传体五言长篇叙事诗。清代诗论家张玉谷有论诗绝句云："文姬才欲压文君，《悲愤》长篇洵大文。老杜固宗曹七步，瓣香可也及钗裙。"意为蔡文姬诗才高于卓文君（作《白头吟》），所作的《悲愤诗》乃伟大之作，大诗人杜甫固然作诗宗法曹植，但他的一瓣心香也是给予了女诗人吧。杜甫的《奉先咏怀》和《北征》等五言叙事诗，深受蔡文姬《悲愤诗》的影响，特别是《北征》，情感激昂，情绪酸楚，情景悲伤。

蔡文姬的诗歌，在建安文化中，占据着一席之地。建安乃汉献帝的年号，这个时期有一次文化大发展，其代表人物为"三曹七子"，三曹即曹操父子三人，七子即孔融、陈琳、王粲、徐干、阮瑀、应玚、刘桢。以他们为轴心，可谓"俊才云蒸，作家辈出"，诗歌雄壮浑圆，词章绮丽光彩，影响力十分深远。后人提到建安文化，必然也会想起蔡文姬。

文姬名琰，原字昭姬，为避司马昭讳，改为文姬。

其实，从小天赋异禀的蔡文姬虽才情逼人，却养在深闺，知之者甚少，后又幽居于大漠戈壁十年，白白浪费了大好的青春华年和亮丽时光。或许，也正是如此，才造就了她心智的成熟，心性的沉静，心思的澄明，才使得她生命更饱满，经历更丰富。

当初被胡人掳去的中原女子不在少数，为什么文姬能在众多红裙绿粉中被左贤王相中呢？

一个女子如果气质、长相出众，那么，在人群中自然是很惹眼的，蔡文姬极可能属于这种情况。她从小诗书浸染，琴曲陶情，气质肯定与众不同，容貌自不必说，就这样一下子吸引了左贤王的目光，于是纳其为妃，这一待便是十二年。

蔡文姬为左贤王生养了两个儿子，那她与左贤王到底有没有情感呢？

许是有人认为，蔡文姬身处漫漫黄沙的塞外，由于生活和习惯的差异，让她无法真正地融入到胡人的习俗中，况且又是强迫与外族通婚，心不甘情不愿的，当然会抵触这段婚姻，想要回到念念不忘的中原。这种揣度，不是没有可能，但是，婚姻这回事，如同鞋子合不合脚，外人不得知，自己的体悟才是最真切的。一边是胡人“小家”，一边是故国“大家”，她又能做如何的选择呢？

十多年过去了，那山那水那人早已在梦中，影影绰绰。或许，即将步入中年的蔡文姬，只等待有一天生命被黄沙掩埋，灵魂飘零在他乡了。不想，这漫漫中的岁月中，竟然有一个人意外地记起了她，并不惜代价，用黄金千两和玉璧一对将她赎回中原。这人便是鼎鼎有名的三国人物——曹操。

曹操这一举动，确是出自侠义之举，想当年，与蔡邕亦师亦友，两人心性相近，情趣相投，情谊自是深厚。而蔡文姬与曹操，亦是师兄妹了。因此，曹操对蔡文姬流落他乡，常栖凄寒之地，不能视而不见。恻隐之心使他不论何代价，定将师友爱女带回中原，尽到朋友之心，也就了无遗憾了。

当蔡文姬启程的那一刻，孩儿们追逐着车轮的辙痕，一步一踉跄，撕心裂肺地哭喊奔跑着！这让一个母亲如何面对越来越杳淼的身影？

唐人李颀将这段离别场景进行了描写："蔡女昔造胡笳声，一弹一十有八拍。胡人落泪沾边草，汉使断肠对归客。"

诗中提及的《胡笳十八拍》，便是蔡文姬"回归故土"途中催人泪下的诗行，如诉如泣，声声肠断，不知打动了多少人的心，是感人肺腑的千古绝唱。一路流淌的琴声，泪行中铺就了蔡文姬十二年的辛酸楚、委屈，还有对孩子们的依依不舍。全诗长达1297字，属于骚体叙事诗，载于宋郭茂倩《乐府诗集》卷五十九及朱熹《楚辞后语》卷三。明人陆时雍在《诗镜总论》中说："东京风格颓下，蔡文姬才气英英。读《胡笳吟》，可令惊蓬坐振，沙砾自飞，真是激烈人怀抱。"可见《胡笳十八拍》的铮铮响动，千年后也不绝于耳。

文姬再次回到了养育自己的故土，乡音依旧，流水依旧，只是父亲的身影渐渐地模糊在时光中。曹操将文姬赎回中原，将她许配与田校尉董祀，为她寻了一个安稳的家庭。想来，金戈铁马中驰骋的曹操，能关心起这样芝麻点的“小事”，这便不是小事了。而面对曹操的“撮合”，董祀除了接受别无选择，这也就造成了夫妻俩潜在的矛盾。心中这个结，董祀始终不能打开，日子过得十分不和谐。加之文姬饱受苦难，思儿心切，常神情恍惚，而董祀正值锦瑟华年，一表人才，精音律，通书史，自是眼高心高，两人之间嫌隙越来越大。

一生飘摇的文姬，就真的不能觅得一位“白首不相离”的爱人知己吗？

一日，曹操正在家中宴请宾客，席间有仆人通报，蔡文姬求见，曹操笑着对在座的朋友说，“蔡邕家女儿来了，要见吗？”当然这是一句礼貌话，料想大家不会反对。

远远地，见一女子蓬首跣足疾步跑上来，此时正值冬日，曹操见此景，难免先是心有戚然，于是连忙叫人送上衣物。此时却听文姬“砰”一声跪下，声泪俱下，说自己的夫君犯了死罪即将被行刑，恳求曹操赦免丈夫的死罪。这时的曹操得知，参与判决的是自己的部下，犯人已经押解刑场，于是他对文姬说，事已至此，“刀下留人”恐怕也来不及了。不料文姬不死心，说丞相有好马万匹，勇士无数，只要肯营救，一定行的。曹操心有不忍，怜悯遂起，文姬三嫁，如果董祀这一去，她再也没一个依靠的人了，于是派人追回了正赴刑场的董祀。

席间，曹操问到了文姬父亲当年的藏书，表示出浓厚的兴趣。文姬说，当时战乱，这些书籍早已零落不知所踪，幸好自己还能背诵默写下其中的一些作品，曹操大喜，立即吩咐人去董府协助文姬整理，然文姬说只需丞相给一些笔墨就好了，定当完成使命。不久，曹操收到蔡文姬隽写的四百多篇文章。见字睹物，曹操不免悲戚蔡邕的早逝。万幸有女文姬，将父亲的才情传承，也是为文学史上做了一件大好事。

后来，归家后的董祀，真正地懂得了妻子的勇敢与博学，这位在鬼门关前走了一遭的男儿，被文姬深深地打动了。而蔡文姬在历经这些后，心里放下了许多，明白了许多，活在当下，做些有意义的事情，未来的日子，且行且珍惜！

于是，打开心结的夫妻二人溯洛水而上，隐居山野中，过着神仙眷侣般与世无争的田园生活。董祀将《胡笳十八拍》翻成了琴曲，文姬继承父亲遗志，继续撰写《续后汉书》。他们育有一儿一女，女儿嫁给了司马懿的儿子司马师为妻。

今天，在陕西西安城东南蓝田县三里镇乡蔡王庄村西北约100米处，“焦尾琴”音依旧铮铮清亮，那是文姬的拨弹，正响彻浩瀚云霄呢！

谢道韫：未若柳絮因风起

飘飘落落的雪花啊！那是谁的冰肌玉骨，触摸到你的温度，你消瘦的湿眸？一瞥大风起兮，尽是凋零的温柔，一地苍茫。

燕儿归却，雁儿离去，一行行离人泪。送别骨肉相亲，只道是南来北往多少繁华苍翠。步入秋景，一些缀枝，一些沉寂，一些在风雨中站立成亘古的永恒。

那些往事，尘埃落定。

谢道韫，东晋女诗人，典型的古代“女汉子”。

唐代诗人刘禹锡《乌衣巷》中云：“旧时王谢堂前燕，飞入寻常百姓家。”这里的“王谢”，乃指东晋的王导和谢安两大家族，他们的族人都居住在南京秦淮河畔一个叫“乌衣巷”的地方，其子弟被称为“乌衣郎”，于是，“乌衣巷”便成为名门望族的代名词。

说起东晋谢家，一门几代，人才辈出，谢安、谢石、谢玄、谢灵运等，多有经国才略，辅助帝王、安邦定国之才，他们对儒、道、佛、玄学也有极高的素养。而在文学成就上，谢家人更是非同凡响。特别是谢灵运开了山水诗之先河，由他开始，山水诗成为中国文学史上的一个流派。而对谢灵运影响极深的据说是他的姑婆，历史上被称为四大才女的谢道韫。谢道韫乃东晋宰相谢安的侄女，安西将军谢奕的女儿，车骑将军谢玄的妹妹。

一日，小道韫与家中兄弟姐妹玩耍，恰逢下雪，伙伴们自是高兴得不得了。谢安也来了兴致，指着洋洋洒洒飘下的雪花问孩子们："白雪纷纷何所似？"侄儿谢郎随即答道："撒盐空中差可拟。"谢安不语，仿佛在等待着什么似的，这时只听道韫悠悠道来："未若柳絮因风起。"谢安眉头轻挑，不由会心一笑，这丫头实乃大才也。将飘然的雪花比喻成柳絮，这种遐思，大胆创意中又有细腻的思慎，虽偶得之，却是尽显真功夫。后来文人骚客便将这个典故誉为"咏絮之才"。《三字经》曾提及道："谢道韫，能咏吟。"

尽管道韫早年失去父亲，但是在叔叔谢安的宠爱和关怀下，在谢氏家族浓厚的文学氛围中，道韫得到了全面健康发展，从小机智聪慧，应变能力强。叔父谢安曾问她："《毛诗》何句最佳？"答："吉甫作颂，穆如清风。仲山甫永怀，以慰其心。"诗心如初心，从道韫的喜好诗句中，可以感知其心灵、性灵的追寻，乃"雅人深致"，谢安这样赞誉自己的侄女。

东晋是一个内乱频生的时期，常年战乱，政权旁落，中央集团的话语权被世族大家牢牢地控制在手里，其中王（导）谢（安）二家就是最重要的根系。他们通过士族与士族联姻的方式，加强横向联合，巩固势力，这是司空见惯的做法。

不知不觉中，小道韫长成了一位落落大方的姑娘，文采斐然，什么样的男子才能与她匹配呢？这可将谢安难倒了，古代的婚姻大事，皆由父母做主，因谢奕早逝，这个责任自然落到了作为叔叔的谢安身上。

以谢安的经历和作为，识人眼光自是不一般，这次，他给侄女道韫觅得的夫婿会是哪家的儿郎呢？才情又如何？

东晋时期还有一家王姓，这家人便是书写了天下第一行书《兰亭序》的王羲之家了。王羲之当时任会稽内史，家族繁荣，育有七子，七个儿郎个个擅长书法，大儿子王玄之早逝，余下六子分别是王凝之、王涣之、王肃之、王徽之、王操之、王献之。这一帮生龙活虎的小子，让王家不甚热闹，不知惹了多少人的眼球，当然，也映入了谢安的眼帘，他对其中的一位儿郎产生了浓厚的兴趣。这人便是王徽之。

当然，这不是谢安在考察“干部”，而是在为侄女挑选夫君，他见王徽之风流倜傥，卓尔不群，有意将道韫许配与他。正当他在考虑中时，有一件事情改变了谢安的看法。

一个雪夜的晚上，王徽之独自喝了几盅，一时来了兴致，便起意想要去见见音乐家、美术家戴逵，遂即泛舟而去，却不想他半途而回。当别人问及何故，他道：“乘兴来去，有何问题呢！”

这种率性而为、不拘小节的性子，对于作风严谨的谢安来说，是极其不欣赏的。如果王徽之在婚姻上也是这样的态度，与道韫成亲，不是害了自家侄女吗？思虑许久，谢安最终放弃了王徽之，而转向王羲之的二子王凝之。

王凝之个性安静，为人醇和，书法造诣也相当高。因长子早逝，次子自然为兄弟几个中的“排头兵”。道韫嫁与他不仅门当户对，而且两人都热爱文学，会有很多的共同语言。诗情书意，相融相通，如此便能让感情更加契合。谢安的周全考虑，想来必会促成佳偶天成，一段极好的姻缘。

却不曾想，新婚回门后的道韫情绪略有悲忧，谢安甚是奇怪，问道：“王郎是逸少之子，不是庸才，你为什么不开心？”道韫心有哀叹：“谢家一族中，叔父辈有谢安、谢据，兄弟中有谢韶、谢朗、谢玄、谢渊，个个都很出色，没想到天地间还有王郎这样的人！”兄弟们都如此出色，为何嫁的夫君是这般呢？道韫心中满满的失落和遗憾。

女人最怕“上错花轿嫁错郎”，谢道韫正赶上了这事，奈何“生米煮成熟饭”，有什么心苦也无济于事。好好地维持家庭，维系这种不咸不淡的婚姻关系，这是她唯一能做的。还好王家子弟多，家中时常热闹，时有文人雅士聚会，把酒言欢，吟诗作赋。有一次，王献之召集一帮文人朋友来家里，在辩论时，一时落了下风，恰巧道韫经过，见此景，便叫丫鬟递上纸条，说“欲为小郎解围”，众雅士听闻“咏絮之才”谢道韫在场，兴趣高涨。只见道韫不慌不忙，引经据典，提出观点，加以论证，以极好的辩才赢得了在场青年才俊的叹服声。

其实，谢道韫的应变能力和辩论之才了得，除了自身聪慧，一点就通，更多的是踏实的学习和认真的积累，使得她的文化底蕴深厚扎实。谢道韫生在谢家，耳濡目染谢家人的治世之才，后身在王家，更多了一份浓浓的墨香浸染，让自身的气质更加不同凡响。谢灵运开了山水诗先河，其实在他之前，他的姑婆谢道韫写过一首山水诗《泰山吟》，诗中道：

峨峨东岳高，秀极冲青天。
岩中间虚宇，寂寞幽以玄。
非工复非匠，云构发自然。
气象尔何物？遂令我屡迁。
逝将宅斯宇，可以尽天年。

女诗人将泰山的大气磅礴、巍峨直上云霄的气概，将山间空明、幽幽而旷达的意境，将天地造万物的自然之道，托付与对泰山的敬仰中。心有多高远，山就有多耸峙，心有多远大，空间就有多宏伟，不正是一种胸怀泰山的气度吗？但凡女子写诗，下笔多旖旎柔美，像谢道韫这样笔锋硬朗、利落大方的极少。现代语言学家余嘉锡道：“道韫以一女子而有林下风气，足见其为女中名士。”这里的“林”指“竹林七贤”，是说谢道韫继承“七贤”遗风，一派名士雅意，不是儿男胜似儿男呢！

谢道韫与王凝之的婚姻生活平淡又平淡，究其原因，是道韫对丈夫有“看法”，觉得他不似谢家子弟那般能干。而事实是，王凝之并不是妻子想象的那么不堪。他出身名门望族，不但精通书法，而且在仕途上也一帆风顺，曾官至江州刺史、左将军、会稽内史。

不过，谢道韫确是心心念念地想着的都是谢家人的不平凡，见惯了叔叔谢安的治国之才，兄弟们的满腹文华，在她心中，家族的优秀已经形成了一种思维定势，难以更改。

这么不和谐的夫妻俩却养育了四子一女，人丁兴旺，本该是一个枝繁叶茂的大家庭，儿孙满堂，欢聚膝下，但天不遂人愿，一场战乱打破昔日的平静，让谢道韫饱尝了丧夫逝子的一生哀痛。

一个叫五斗米的道教组织越来越猖獗，因为朝廷派人杀害了教主孙泰，引发了孙泰的侄孙孙恩发动叛乱，准备攻打会稽，这时会稽内史正是谢道韫的丈夫王凝之。王凝之本人笃信道教，他在此次叛乱中，不但不调集兵马，也不采取设防措施，只成天默念祈祷，求道祖庇佑圣灵不受伤害。谢道韫非常着急，在劝阻无效的情况下，自己训练家中奴仆，以备不时之需。

最终，孙恩攻下会稽，将王凝之及其儿子全部杀害，而对谢道韫手中抱着的孩子也不想放过，正要动手时，却听谢道韫道：“事在王门，何关他族？此小儿是外孙刘涛，如必欲加诛，宁先杀我！”孙恩见此情景，又听说是谢道韫，折服于才情，不但没有杀害刘涛，反而派人护送谢道韫返回故里。

痛失亲人的谢道韫，后一直寡居在会稽，睹物思人，该是一种怎样的折磨啊！

后来，常有名人雅士拜望谢道韫。道韫健谈，辩机依旧。后来的会稽太守刘柳言赞道："内史夫人风致高远，词理无滞，诚挚感人，一席论谈，受惠无穷。"

谢道韫有一种心怀，比儿郎更宽阔豁达，更高远自立，更包容硬朗，乃大丈夫不可比！

苏若兰：真物知终始

五锦色，方八寸，二十九重宫，声声叩问，良人何故不回还。

千丝线，捋万缕，八百四十一，字字句句，行行泪洒若兰心。

山重水复三千七百五十二，四千二百零六星罗密布，一切都在网中。

等归人！

苏若兰，北朝才女，创意千古回文诗《璇玑图》。

清代才女张芬曾作一首回文诗词，细品极妙。正读乃七律，她道：

明窗半掩小庭幽，夜静灯残未得留。
风冷结阴寒落叶，别离长倚望高楼。
迟迟月影移斜竹，叠叠诗余赋旅愁。

将欲断肠随断梦，雁飞连阵几声秋。

如果轻轻地将七律扭过身来，再以标点重新分割之，回文反读，一下子变成了一首绮丽幽雅的《虞美人》，奇妙之至，漫心诵之，确有精妙之处。

秋声几阵连飞雁，梦断随肠断。
欲将愁旅赋余诗，叠叠竹斜，移影月迟迟。
楼高望倚长离别，叶落寒阴结。
冷风留得未残灯，静夜幽庭。小掩半窗明。

这便是回文诗。不过，特别之处是七律变身词阙，与一般的诗歌回文成诗歌不同，饶是别出心裁，诗作难度高。这种回文作品极少。不难看出，女性的细腻和巧思，对回文诗的理解和编排，多有心得。当然，这些回文诗的精彩演绎，都与一个女子分不开，她就是创意千古回文诗《璇玑图》的北朝女才子苏蕙。

苏蕙，字若兰。与蔡文姬、谢道韫并称为魏晋三才女。

东晋时期才子辈出，这三位女子也不输半分光彩，千古名扬于后世，甚至在某些领域更具代表性。苏若兰所作的回文诗便是如此，以孤篇横绝千古，千年不曾有人超越。到底这篇回文诗有什么与众不同，以至上下几千年多少能人志士，都不能超越或模仿它？这得从若兰的人生经历中去探寻和了解，方能知晓些许。

在东晋时代，北方被匈奴、鲜卑、羯、氐、羌五个少数民族占据，前前后后共建立过十六个政权，史称“五胡十六国”。与南方的文明鼎盛相比，这个时期能留名青史的少之又少，有统一了北方的苻坚、前秦的宰相王猛，其次就是才情兼备的苏若兰了。

据《晋书·列女传》记载，陈留县令苏道质之三女儿苏若兰三岁学字，五岁学诗，七岁学画，九岁学绣，十二岁学织锦。待及笄之年，出落得姿容清丽，大方动人，是一位心灵手巧、兰心蕙质的姑娘。如此佳人，声名远播，提亲的队伍络绎不绝，苏家门槛被踏破，但若兰却无一看中。这么多人来联姻，果真没有能匹配若兰才情的公子吗?

爱情，妙不可言的就是它不知道什么时候出现，以什么样的方式出现，出现的人又是什么模样。苏家人很尊重女儿的想法，既然若兰没有如意人选，那就等吧。在古代，这样的开明家庭还是极少，苏家便是。

苏若兰到底是怎么想的？她心中的另一半是怎样的模样？如何才能打动心性清高的她呢?

十六岁那年，若兰陪父亲一同游览名刹阿育王寺，行至寺西池畔时，但见一位少年正搭弓射箭，一仰头，箭发弦响，迅疾间天空中应声而落，射中了飞鸟。接着他俯身凝视水面，瞄准时机，迅速出击，立即有游鱼带矢浮出来，箭无虚发啊！又见不远处，一柄已出鞘的宝剑早凌厉闪光，压着经书几卷。不难看出，少年崇尚文韬武略，喜好修行修性，小小年纪已能如此，真是不可多得。父女俩为之惊叹，心生好感，于是借机上前攀谈起来，得知此人姓窦，名滔，尚未娶妻。若兰心生欢喜，父亲见状，心里明白女儿的金玉良缘到了。最终，由双方父母作主，窦滔与苏若兰结为夫妻。

窦滔曾任晋朝秦州刺史。苻坚攻占秦州后，闻窦滔深得人心，百姓爱戴，能安抚民心，秦州此时急需这样的人才来稳固时局。而作为窦滔本人，见苻坚当了前秦君主，能选贤任能、整顿吏治、注意农业生产等，是一位不可多得的有志君主，而且自己跟随苻坚，也能有施展才华和抱负和机会。于是，窦滔便接受了苻坚任其为秦州刺史的任命，并在接任后屡获战功，政绩显著，可谓顺风得意中。也就是这个时候，有奸臣嫉能妒贤，诬告他有谋反之意，苻坚听信了谗言，便将窦滔判罪流放到流沙(今新疆白龙滩沙漠)一带。

前路漫漫黄沙，丈夫即将离去，若兰心中酸楚，泪眼迷蒙，这一去，不知何日才得以相见，唯有等待。若兰对丈夫说，她会等丈夫归来，至死不渝！

人一生中，最怕的便是等候，望穿秋水，却不知秋水何时能复回。郁郁寡欢中，若兰便织锦，写诗，弹琴，打发这些孤冷凄寒的日日夜夜，自暖守望。但她万万没想到的是，丈夫窦滔流放到流沙后，寂寞中纳了一妾，早将他们在阿育王塔下的海誓山盟抛在了脑后。对于丈夫的负情，若兰该骂他，恨他，还是怨他？这么遥远的距离，似乎他也听不见，只会伤了自己吧。

若兰想到了什么，便开始筹备起来。

她在平时作诗中，发现了有趣的新方法，她觉得可以一试。但是，这项创意工程巨大，要想很好地完成有非常大的难度。但每到艰难的时候，只要想起遥远他乡有个心爱的人，想起自己日日夜夜的孤灯孑影，想起那些饱含着眼泪、痛楚和委屈的日子，她便忍不住想向他诉说，诉说她的爱，她的苦，她的心。

在短短几个月间，苏若兰将构思好了的诗歌，用红、黄、蓝、白、黑、紫六色，绣织在了一张八寸长宽的帕子上，共841个字，分为正读、反读、起头读、横读、斜读、四角读等十二种读法，从而衍生了不同的诗句，三言，五言，七言，越读越多，越研究越有发现，从原来的三千七百五十二首，到四千二百零六首，再到七千九百五十八首。不但民间传抄解析，就连女皇帝武则也天感其绝妙，推理得诗二百余首，并为之作《序》：“才情之妙，超古迈今……因述若兰之才美。”后南宋女诗人朱淑贞得见《璇玑图》：“坐卧观究，悟因璇玑之理，试以经纬求之，文果流畅，盖璇玑者天盘也；经纬者星辰所行之道也；中留一眼者天心也。极星不动盖运转不离一度之中……按此规律读后，赞扬《璇玑图》：‘五采相宣，莹心眩目……亘古以来所未有也。’”

《璇玑图》打动了历朝历代的有心人，宋代大文学家苏轼曾为此抒发道：

春机满织回文锦，粉泪挥残露井桐。
人远寄情书字小，柳丝低目晚庭空。

红笺短写空深恨，锦句新翻欲断肠。
风叶落残惊梦蝶，戍边回雁寄情郎。

羞云敛惨伤春英，细缕诗成织意深。

头伴枕屏山掩恨，日昏尘暗玉窗琴。

李白、黄庭坚等大诗人，也纷纷作诗，歌咏这位才情佳人的忠贞不渝。

最终，苏若兰因这首千古绝唱的回文诗，赢得了丈夫的心。

前秦在苻坚的统治下走向发展，这时的苻坚也有了野心，欲图灭亡东晋，于是，在用人之际，他想起了文韬武略的窦滔，再次起用他为安南将军。经历感情波澜的夫妻俩，最终回到了最初的日子，情意相知，恩爱互暖。

至今，在苏若兰曾经生活的周原一带，甚至关中西部各县，男女青年结婚，女方要织许多三色以上的花手帕赠送给新郎的亲友们。用意很明显，警惕男方三心二意，提醒不忘夫妻恩情。这种风俗，据说源于苏若兰织锦《璇玑图》的故事，足见其作用力和影响力，穿越古今，十分深远。

班昭：精诚通于明神

《女诫》七篇，条条以身示范。东征一赋，字字肺腑之言。

秉遗志，续汉书，四十而成。后妃师，参政务，勤奋恭俭。

班昭，东汉文学家，中国第一位女史学家。

有诗云：“有妇谁能似尔贤，文章操行美俱全。一编汉史何须续，女诫人间自可传。”这首诗歌满是褒奖之意、赞美之词，问谁能似她贤能淑德，像她人品才情俱佳？不但续编了汉史，一部《女诫》更是流传千古。她是谁？

“曹世叔妻班昭。”南宋诗人徐钧称道。

曹世叔生平如何，历史记载有限，但嫁与他的班昭，却至今被人记得，受人敬仰。

班昭为何能流芳千古？除了自身的贡献和影响力，不得不提到她的家族，东汉的班氏一门。

“裁为合欢扇，团团似明月。出入君怀袖，动摇微风发。”一柄团扇，千古难尽，她是班昭的姑姑，一位步步生芳的后宫女子班婕妤。

他一生游学不缀，博古通史，著述完成《史记后传》60余篇，为《汉书》的续写奠定了坚实的基础，成为第一手素材资料。他是班昭的父亲班彪。

历时二十年，他呕心沥血撰写了与《史记》齐名的《汉书》，在即将完成时，因窦宪檀权一案，冤死于狱中。他是班昭的哥哥班固。

从“弃笔从戎”开始，他一路艰辛，循着张骞走过的丝绸之路，以“不入虎穴焉得虎子”的精神气概，平定西域五十多个国家，为西域回归、促进民族融合做出了巨大贡献，他是班昭的哥哥班超。

班氏一族，有史学家、文学家、军事家、外交家，他们才高八斗，建树极丰。班昭在这个文武兼备的家庭中，从小耳濡目染，跟随父亲和兄长读史诵经，吟诗学文，深得要领，学问非凡。

十四岁时，恭谦温娴、豆蔻芳华的班昭嫁给了同郡曹世叔为妻。曹世叔性格开朗，正好与班昭性格形成互补，两人感情融洽，夫妻恩爱，好令人艳羡的一对。只是，天妒良缘，上苍没有给这段姻缘画上一个圆满的句号。曹世叔早早地撒手人寰，扔下孤儿寡母艰难度日。

一个没有男主人的家庭，一个没有丈夫的女子，在东汉那个风云变幻的时代里，要支撑起整个家并且光大门楣，该是何等不易啊！秀外慧中的班昭，不但将儿女培育成才，而且自己的事业也大获成功，编写史书，参政议政，开展文学创作，取得了骄人的历史成就。

女子能担当后宫嫔妃的老师，这在中国历史上是少之又少的情况，其中，最为有影响力的人物算是班昭了。

史书上尊称班昭为曹大家（“家”通“姑”），“曹”为夫家姓氏，“大家”意为德高望重的女性，而班昭被誉为大家，与她多次被皇帝召入宫为皇后和妃子们讲学关系极大。一个能在后宫中开坛讲座的女性，该有怎么样的本事，让皇帝和后宫信服呢？

《后汉书·卷八十四·列女传·第七十四》：“河偨作《女诫》七篇，有助内训。其辞曰：主于曹鄙人愚暗，受性不敏，蒙先君之余宠，赖母师之典训。年十有四，执箕帚于曹氏，于今四十余载矣。战战兢兢，常惧绌辱，以增父母之羞，以益中外之累。夙夜劬心，勤不告劳，而今而后，乃知免耳。吾性疏顽，教道无素，恒恐子谷负辱清朝。圣恩横加，猥赐金紫，实非鄙人庶几所望也。男能自谋矣，吾不复以为忧也。但伤诸女方当适人，而不渐训诲，不闻妇礼，惧失容它门，取耻宗族。吾今疾在沈滞，性命无常，念汝曹如此，每用惆怅。间作《女诫》七章，愿诸女各写一通，庶有补益，裨助汝身。去矣，其勖勉之！”

这本来是班昭留给女儿们的家庭教科书，鞭策她们如何做一个合格的女子，不曾想，这一篇《女诫》一经传出，京城世族便竞相传抄，一时间风靡全国，成为教育女子现成的教材，魅力无穷，出人意料。

《女诫》到底写了什么，以致延续千年，经久不衰？

卑弱、夫妇、敬慎、妇行、专心、曲从和叔妹，这是《女诫》的七个要义。每个要义都在解读女子在角色扮演中的具体做法，让她们明白自己该做什么，不该做什么，怎么去做，如何才能做好，这种标准刻度，俨然一张行为规范的指导意见书。

这样的规定，着实让人难以接受，无法想象女子真正做到后的情景会是怎么样的。不过，班昭既然能提出《女诫》的内训，她必是能做到其中的全部，这就起到了标兵和楷模作用，成为人人效仿的对象，使后宫内眷争相学习也就在情理之中。

后妃老师班昭的出色才能得到了妃子们的尊重，也引起了当权者的瞩目。

东汉这个政权交替频繁的时代，皇帝多短命，出现过一大批娃娃皇帝，难免会形成外戚当权。班昭主要生活在汉和帝时代，汉和帝驾崩后，生下来才一百天的皇子刘隆嗣位为汉殇帝，不得不由邓太后临朝听政。仅仅维持了半年，殇帝崩，后又迎清河王刘祜嗣位为汉安帝，安帝时年十三岁，大权仍然握在邓太后手中。女子主政，困难和艰辛可想而知，特别需要宫里朝外有人鼎力相助，于是，能行走于后宫的班昭自然成为邓太后辅政的首选。这样，班昭便以师傅之尊参与宫中政事要务，竭尽全力做事，智慧地看问题、解决问题。

当邓太后的兄长、辅力军国的邓骘提出要为过世的母亲乞归守制时，邓太后一直犹豫不决，问班昭如何办？班昭则认为："大军功成身退，此正其时；不然边祸再起，若稍有差迟，累世英名，岂不尽付流水？"一语点醒梦中人，邓太后即刻批准了邓骘的上书。功成名就正当时，此时不趁机转身，更待何时？班昭看问题高远深刻，进退有度，这正是邓太后仰仗她的原因吧。

很少人知道班昭的从政经历，一般人都将眼光转向了她功勋卓越的另一成就上，那便是续写《汉书》。众所周知，《汉书》是由班昭的父亲班彪发起，哥哥班固主编。其实，班昭也一直参与其中，只是谦逊的她从不邀功留名。班固死后，班昭被召入皇家的东观藏书阁续修《汉书》，她不但整理、核校了父亲和哥哥遗留下来的各种散篇，还在此基础上补写了《异姓诸侯王表》《诸侯王表》《高惠高后文功臣表》等八表和《天文志》，历时40年，最终玉成《汉书》。而班昭续写的八表，依然将作者署名为哥哥班固，令人景仰尊敬。

受惠于班昭的贡献，班昭的儿子曹成在政治上不断成长，永初7年（公元113年）正月，班昭随子赴长垣任职，从洛阳出发，途经偃师、巩义、荥阳等地，一路走来，见田园、峻岭、乡野、城邑、河流、草甸，这位诗情盎然的文学家难免触景生情，心生感慨，写下了著名的《东征赋》，被昭明太子萧统编入《文选》。

班昭去世后，邓太后亲自为老师素服举哀，由使者监护丧事，极尽哀荣。文学才华出众的班昭，共著有赋、颂、铭、哀辞等十六篇，虽大都失佚，但她的文采依旧闪耀在星空。后来，金星上的班昭陨石坑就是以她的名字命名的。

李清照：怎敌他晚来风急

曾忆溪亭日暮，轻舟争渡，争渡。犹记夜来风骤，应是绿肥红瘦。少时，沉醉不知归路。

待到梧桐锁秋清，寻寻觅觅凄凄惨惨戚戚。知是几更天，一地黄花落。

李清照，宋代著名女词人，被誉为中国千古第一才女。

南宋豪放派词人辛弃疾曾作一首《丑奴儿近》："千峰云起，骤雨一霎儿价。更远树斜阳，风景怎生图画？青旗卖酒，山那畔别有人家。只消山水光中，无事过这一夏。"他题记："博山道中效李易安体。"

在《行香子·草际鸣蛩》中，李易安有"甚霎儿晴，霎儿雨，霎儿风"的句子，三个"霎儿"连用，逐层递进，独具匠心，招人喜爱。辛弃疾巧妙化用作"骤雨一霎儿价"，这灵感源自易安居士词阙，同样也蕴藉深厚。辛词中，还刻意运用了"怎生""只消"等易安经典用词，在意境和语气上也努力接近易安词。

侯寅的《眼儿媚》也题记："效易安体"。足以说明，在南宋时期，独树一帜的"易安体"就已经广受推崇。若追溯到沈谦《填词杂说》中提到的"男中李后主，女中李易安，极是当行本色。"便不难理解"易安体"早在宋代就贴上了"专利"标签，其才情可比肩李后主。

"昨夜雨疏风骤，浓睡不消残酒，试问卷帘人，却道海棠依旧。知否？知否？应是绿肥红瘦"的慵懒问声，从杳渺的时空中飘来：少女从雨停风落的清晨醒来，仍些许醉意，却不忘一件事，赶紧差了丫头去院落瞅瞅那海棠，一夜的风吹雨打，它们还好吗？丫头回禀，都好，都好呢，一切如昨。却不料少女反问打趣儿道，是这样吗，真是这样吗？我看是叶儿壮硕了，花儿凋落了不少吧。丫头的"看者无心"与少女的"惦念有意"巧妙地流动于字里行间，眼见者恍惚，耳听着心明，展现了少女入微的观察力和准确的预见性，足见其聪慧，心思玲珑，眸眼剔透。这寥寥三十余字，走笔透迤翻转，对话智慧俏皮，一问一答间，情趣盎然，少年李清照的文采毕现。

少年李清照所作《如梦令·常记溪亭日暮》《如梦令·昨夜雨疏风骤》《点绛唇·蹴罢秋千》一经传出，便轰动京城，竞相传颂。怎样的背景，让一位待字闺中的少女填得如此一手好词呢？这不得不提及李清照的父母了。

生于书香门第、官宦之家的李清照，其父李格非，宋神宗熙宁九年（1076年）中进士，与廖正一、李禧、董荣并称为"苏门后四学士"，学问才情自是不同凡响。而李清照的母亲王氏，也是出身于书香门第，《宋史》上记说她"善属文"。在历史烟云中，有多少女子的名字能载于正史中，这些女子中，又有多少是“能文”呢？大浪淘沙后，所剩“珠玉”只能以“颗”计算。这样看来，这位王氏在当时必是文采远播。

不难看出，李清照从小陶冶在书香墨韵中，父亲文学家，母亲女才子，浓厚的学习氛围，时刻的耳濡目染，自然地启发着她的文学才华，激发着她的创作欲望，信手拈来的一字一句，实则是潜移默化中的日积月累。

优越的生活环境给了李清照无忧无虑的童年，深厚的文化氛围，给了李清照学习发展的空间；开明的家庭教育，给了李清照自由创作的源地，这便是少年李清照能“常记溪亭日暮，沉醉不知归路。兴尽晚回舟，误入藕花深处。争渡，争渡，惊起一滩鸥鹭”，能“蹴罢秋千，起来慵整纤纤手。露浓花瘦，薄汗轻衣透。见客人来，袜划金钗溜。和羞走，倚门回首，却把青梅嗅”的缘故吧？

而更为大胆的是，她能“见客人来”，却敢“倚门回首，却把青梅嗅”，“和羞走”，似是恋爱中的人儿，见情郎来，眼眉儿似蹙非蹙抬起，想走却欲留的作态，惹人遐思，令人难免浮想联翩，这人是不是她的情郎呢？

这人或许就是赵明诚，李清照后来的丈夫。只是，当时的他们还只能眉目传情，犹抱琵琶半遮面，彼此将想念藏于心中。试想，诗中描摹的来人，如果不是李家熟悉的朋友，怎可能会出现在内院中呢？而李清照见此人，一副羞羞答答的模样，除了爱慕之人，谁能引起她的心神荡漾？显然，李清照与这人不止一次相见，这种偶然相逢也许是刻意为之也说不定。

赵明诚生于官宦之家，父亲赵挺之为宋徽宗崇宁年间宰相，与李清照父亲李格非同朝为官，两家皆为世家，都有深厚的文化底蕴。少年赵明诚一直在太学读书，而太学生员日后朝廷大必会委以重任。少女李清照才情也不输赵明诚，虽说女子不能为官做事，但是就李清照名满京都的诗作，想来赵明诚也是心知肚明的，所以单看个人条件李、赵两人也很是登对。赵家和李家联姻，真可谓郎才女貌，天作姻缘，佳偶天成。

在顺风顺水的日子里，李清照和赵明诚两人沉醉于金石研究，歌咏诗词，陶醉书画，小夫妻俩“赌书消得泼茶香”，真是人间惬意，美哉，快哉！他们寻宝觅珍，四处搜集精品绝品，并整理研究。在他们手中，这些物品焕发了生命力，一部《金石录》留下了他们曾经的过往。

世事多变，李赵两家相继遭遇政变打击。政治斗争失败的厄运，让赵明诚和李清照不得不隐居于青州。这里山清水秀，褪去贵族身份的他们，在宁静中更是找到了做学问和研究金石的乐趣，夫妻二人如胶似漆，更加融洽。一次，外出的赵明诚收到妻子李清照寄去的一首《醉花阴》：“薄雾浓云愁永昼，瑞脑销金兽。佳节又重阳，玉枕纱橱，半夜凉初透。东篱把酒黄昏后，有暗香盈袖。莫道不销魂，帘卷西风，人比黄花瘦。”以示自己佳节孤寂、思念之情。赵明诚对这首词赞不绝口，来了上进心，欲超越之。于是，他废寝忘食，三天作了五十首，将妻子这首也混迹其中，请他的好友陆德夫评鉴。待陆德夫品味后，赵明诚急问其作品如何，陆德夫道：“只三句绝佳。”赵明诚再问:“哪三句？”“莫道不销魂，帘卷西风，人比黄花瘦。”赵明诚俯首佩服，妻子的才学确是非同一般。

赵明诚任江宁知府时，遭遇城中叛乱，作为知府的他不但不组织武装打击，反而舍下百姓，逃命而去。李清照得知后，大为震惊，自己曾经敬爱的丈夫，在关键时候却做出如此背信弃义之事，这让她心里蒙上了阴影。赵明诚被朝廷撤职乃必然，随后，他带着李清照顺江而上。行至乌江渡口，李清照激昂澎湃地写下了“生当做人杰，死亦为鬼雄。至今思项羽，不肯过江东。”丈夫弃城的事情，她还放不下。

后赵明诚出任湖州知事，在赴朝廷述职途中染病去世。从此，失去丈夫的李清照亦如缈缈浮萍，受尽凄寒和困苦。他们一生蓄攒的金石、字画等古董，在战乱纷飞中不断遗失。

步入中年的李清照，在孤寂落寞中，接受了一位叫张汝舟的男人的求爱，他们结合了。原以为，还能再有爱情，没有爱情至少也有依靠吧。却不曾想，这位曾经温文尔雅的男子，在婚后却一改当初的温柔与体贴，在向李清照索要古董未果后，一下子露出了原来的嘴脸，竟对李清照拳脚相加。这样的屈辱李清照怎能受得了？于是，她揭发了张汝舟考试作弊的事情，坚决解除了夫妻关系，同时自己也受到了牢狱之苦。最后，李清照在朋友的帮助下，在牢里呆了九天被释放。

心灰意冷的李清照静下心来，开始继续丈夫赵明诚未完成的心愿，整理补写《金石录》，最终完成了这部极具学术价值的巨著。这个时期的李清照，经历了“冷冷清清，凄凄惨惨戚戚”的悲苦环境，反而迎来了一个文学创作的高峰，只是，她的文字不再是明丽轻快、活泼淘气，取而代之的是“病起萧萧两鬓华，卧看残月上窗纱。豆蔻连梢煎熟水，莫分茶。枕上诗书闲处好，门前风景雨来佳。终日向人多酝藉，木犀花”的凄婉、清苦和索离。

李清照一生所作《易安居士文集》《易安词》，已散佚。后人将其作品收录在《漱玉词》辑本里。

俱往矣，听那“花自飘零水自流，一种相思，两处闲愁。此情无计可消除，才下眉头，却上心头”从时空中缓缓而来，有人仰望，有人叹息，有人凝眸，唯有“争渡，争渡”的韵律不绝于耳。

朱淑真：断肠芳草远

犹见断肠人，断肠人立断肠崖，崖上簇簇断肠草泣泪断肠意。她著《断肠集》337首。

又见断肠人，断肠人抒断肠集，集里字字断肠句啼血断肠思。她咏叹断肠诗33首。

朱淑真，宋代著名女诗人，诗作最丰盛的古代女诗人之一。

至今也没有人弄清她死于何时何因，葬于何地何处。只知道，梦断的残垣里，有人不断地吟哦那断肠的词句，循循回回在轻咛：“去年元夜时，花市灯如昼。月上柳梢头，人约黄昏后。今年元夜时，月与灯依旧。不见去年人，泪湿春衫袖。”

那是谁的幽思，谁的幽怨，谁的幽情，谁在幽幽地叹息？

“宁可抱香枝上老，不随黄叶舞秋风。”一位诗情并茂、才华横溢的奇女子，以不随波逐流的倔强，换得了心灵“幽栖”之所，人称“幽栖居士”。她一生写有《断肠诗》《断肠词》近二十卷三百余首。这位千古“断肠人”，便是与李清照齐名的南宋女诗人朱淑真。

卓文君《白头吟》中道："愿得一心人，白首不相离。"这是多少女子梦寐以求的真爱啊！一生一世守得一个人，只为相遇相知。对于爱情的向往，对于本真的追求，对于生命的热爱，女人一旦有了坚守的信念、不变的决心，那么此心犹如堡垒，任他风雨雷电皆不可摧。朱淑真就是这样的女子。

可少年朱淑真，却被认为是十足的"问题少女"。

古代女子须遵从三从四德，为何朱淑真就成了另类呢？家庭教育有缺陷，还是亲情有缺失？

事实却恰恰相反。朱淑真成长于一个官宦家庭，父亲曾于浙西做官，家境富足殷实，父母疼爱，兄嫂爱护，教育环境也非常优越，十三四岁的年纪就获得了"才女"称号。朱淑真在江浙一带小有名气，被誉为"幼颖慧，博通经史，能文善画，精晓音律，尤工诗词"。看来，她的少女时光明丽快乐，有大把的时间和充沛的精力花在行文走笔、泼墨丹青、调弦弄音、吟诗作赋上，一派少年不知愁滋味的模样。正是如此，身受文学浸染、具有广博知识的朱淑真便带上了"文艺青年"气息。

"温温天气似春和，试探寒梅已满坡。笑折一枝插云鬓，问人潇洒似谁么？"朱淑真这是问谁呢？问谁似她这般的轻盈飘逸、洒脱无羁？一种少女的羞涩情怀呼之欲出，娇嗔似弯弯挂眉眼，一湖春水盈盈，难道她恋爱了？

"更作娇痴儿女态，笑将竿竹掷丝钩。"这丝丝网网要"拽"住的，是游鱼还是情郎？

原来，恋爱中的女子，神情和心思从来与众不同，一记轻轻的凝眸对视，便是眉目传情。朱淑真一首《清平乐·夏日游湖》这样描述道：

恼烟撩露，留我须臾住。携手藕花湖上路，一霎黄梅细雨。
娇痴不怕人猜，和衣睡倒人怀。最是分携时候，归来懒傍妆台。

她忘却时辰，忘却周遭，忘却自我，忘却礼仪，忘却了封建礼教下的条条框框，不管不顾地醉在君怀中。朱淑真好大胆！不但冲破了封建礼仪的束缚，而且敢于以文字的形式记录、表白、公开，这种离经叛道的做法，肯定与时风是格格不入的，必定遭人叱骂。但是，她就是做了，做得那么自由充分，理所当然。

说她不是“问题少女”，在南宋时期，谁都不信。

郎情妾意，本是艳羡人得很，有情人该成眷属吧。可是朱淑真却说：“姻缘簿上姻缘错，鸳鸯难得鸳鸯配！”棒打鸳鸯，错点缘分。一切终究是镜花水月。

细心品味这些缠绵缱绻的诗词，可以推测，少女时的朱淑真或有过一段浪漫、甜蜜的爱情，甘之如饴，澄之如泉，情丝一直缠缠绕绕攀爬上心间，难以根断。

她的意中人是谁，为何最终却落得劳燕分飞？

“谢班难继予惭甚，颜孟堪睎子勉旃。鸿鹄羽仪当养就，飞腾早晚看冲天。”“春闱报罢已三年，又向西风促去鞭。屡鼓莫嫌非作气，一飞当自卜冲天。贾生少达终何遇，马援才高老更坚。大抵功名无早晚，平津今见起菑川。”这两首诗作分别是《贺人移学东轩》《送人赴试礼部》，反复吟咏，似乎朱淑真两首诗中提到的皆是同一人，这人先是学子，后赴京赶考。朱淑真希望他一飞冲天，取得功名，成就事业。什么样的人，什么样的关系，让朱淑真会如此牵挂他？除了喜欢的人，还能有谁！但从诗词中又隐约感觉，这位去应试的男子，此去后便了无音讯。

或许因为没有功名利禄，又或门不当户不对，所以朱家一直反对这门亲事。而朱淑真一直以执着的信念，等待情郎高中后来迎娶自己，不想，这男人最后连踪影也没了。

家庭的催婚，被抛弃的打击，朱淑真万念俱灰中绝了祈盼，答应了父母的婚事安排。决定忘却过去的朱淑真对婚姻也憧憬起来，她热情洋溢地祈盼着："初合双鬟学画眉，未知心事属阿谁。待将满抱中秋月，分付萧郎万首诗。"与未来的夫婿虽素未谋面，朱淑真却想象着与其双宿双飞的情形，佳人才子，你吟我诵，一片痴情，满月在怀，多么令人向往啊!

新婚的朱淑真打定主意好好过日子，她也一直在努力着接受现实的生活，曾有一首词，足见她婚后与丈夫的真情互动，是多么的欢愉与快乐。这就是有名的《圈儿词》：

相思欲寄无从寄，画个圈儿替；话在圈儿外，心在圈儿里。我密密加圈，你须密密知侬意：单圈儿是我，双圈儿是你；整圈儿是团圆，破圈儿是别离。还有那说不尽的相思,把一路圈儿圈到底。

这大圈套小圈，你中有我，我中有你，圈圈都是浓情蜜意，圈圈都是团圆的渴望，圈圈都是圆满的希冀，纵是有情人相隔再远，都会被这圈圈的温暖包裹得严严实实。丈夫赶紧从外地赶回来，那是自然了。

看来，文学女青年真想要圈住爱人的心，只要出于真心，便会创造出许多让人惊羡不已的烂漫情怀，朱淑真就是个中高手。

随着生活的深入、彼此的了解，那一股新鲜热情劲儿过去后，两人的日子琐碎起来，不再那么多诗情画意，不再有吟诗作词的心境。而作为一名小官吏，朱淑真的丈夫看中的是事业，是发展，是未来，他并非朱淑真想象中的士子书生性情，能与她时时心灵共振、精神交融、情感日笃。

生活中的矛盾逐步加剧，日子冷落下来。生命的寂寞如同秋风扫落叶，一阵阵薄凉，无法自暖心窝。朱淑真所憧憬的“比翼双飞”，幻作一道美丽的彩虹，惊艳地来，悄然地落，无声无息中往事成云烟。

慢慢的，丈夫时常应酬不归，先是流连勾栏，再是包养妓女，后来竟娶了小妾。朱淑真是彻底绝望了。

对于朱淑真来说，这一辈子想要的其实很简单，就是有一个心灵相惜的伴侣，就像那“圈儿”般融合在一起。但这样一个简单的要求，对于大才女朱淑真来说，却是真情难求，才情能与其匹配的更是寥寥无几。

最终，朱淑真不顾世俗的眼光、家人的反对，与丈夫解除了婚姻关系，回到了娘家。

朱淑真的姻缘一波几折。古代女子一经离婚，再想有好归宿，已然是难上加难，难怪她“触目此景悲无限，摧人断肠心欲碎。断肠集里断肠泪，苦涩之中苦涩味。”

后来，不断有人探究《生查子·元夕》的意蕴，猜测这是朱淑真离异后与情人幽会的场面，而最终情人未能赴约。第二年的灯市，他们的故事戛然而止。猜测这情人便是朱淑真初恋的人儿，他们旧情复燃了。

只是，随着朱淑真的消香玉殒，一切答案都随风而逝。

据说，朱淑真以跳水结束了自己的生命，父母将她的遗体连同她的诗画一并化了灰烬。

南宋有一位叫魏仲恭的人，将朱淑真的残存作品辑录出版，并为之作序。序文说："比在武陵，见旅邸中好事者往往传颂朱淑真词，每茄听之，清新婉丽，蓄思含情，能道人意中事，岂泛泛所能及？未尝不一唱而三叹也！"

明代著名画家杜琼曾在朱淑真的《梅竹图》上题道："观其笔意词语皆清婉，……诚闺中之秀，女流之杰者也。"明代大画家沈周在《石田集·题朱淑真画竹》中说："绣阁新编写断肠，更分残墨写潇湘。"朱淑真在书画上的造诣，从这些品评中可见一斑。

朱淑真，这位才华横溢的"问题才女"，虽英年早逝，却流芳千古。

黄娥：引入梅花一线香

情笃五载欢，卿卿念念吟诗篇，弄琴弦，娓娓散曲闻世间。

离恨三十年，相思相望不相见，问雁儿，望断滇南为那般？

黄娥，明代著名女诗人，蜀中四大才女之一，被誉为曲中“李易安”。

清代词人纳兰容若道：“一生一代一双人，争教两处销魂？”为什么相爱相知相惜的人不能相守，有缘有份有情的人不能团圆？这是命运的捉弄，还是老天的安排？一处相思两处闲愁，三言两语如何说得清，道这人间事难全，怎叫人不生幽怨？

从来古今情事，最难得心有灵犀一点通，不求朝朝暮暮，只愿心儿相伴。

四川才女黄娥《寄外》与丈夫杨慎说：“懒把音书寄日边，别离经岁又经年。郎君自是无归计，何处春山不杜鹃。”看来这家书是写了很多了，写得作者都有些心灰意冷。但无穷尽的相思却让人无法停笔，一封封书信、一载载想念一次次寄往他乡，等来的是岁岁又年年，而郎君依旧不归，任那啼血杜鹃岁岁开又败。

这是首极尽悲凉凄冷的诗歌，是诗人黄娥对丈夫杨慎的日思夜想之情，她在绝望中希冀，在希冀里又次次落空。《寄外》诗因为他们执着感人的爱情故事而闻名于世。

女人幸福的一生，她们要的并不多，有父母的关爱，有丈夫的宠爱，有子女的喜爱，足矣。黄娥如此声声怨怨地泣诉，难道她不幸福吗？

非也！

这位蜀中女子，有着非凡的家庭背景，不一样的人生经历，有诗为证："尚书女儿知府妹，宰相媳妇状元妻。"黄娥出生不但显贵，而且嫁入了豪门，真是门当户对好姻缘，更是才华比肩让人羡。

其实，黄娥与杨慎能幸福地结合，还有些小故事助促成了他们的缘分。

黄娥父亲名黄珂，明朝成化年间进士，娶黄梅县尉聂新的女儿为妻。聂氏知书达理，不但能操持家务，还善于教育孩子。她既担当母亲的职责，又以严师的角色教育黄娥，这种言传身教的模式，正是培养孩子的好做法。所以黄娥小小年纪就脱颖而出，精音律，好书法，会作诗，能填词，晓散曲，作品脍炙人口，在京城享有盛名。一首少时所作《闺中即事》，即可窥探出其才华：

金钗笑刺红窗纸，引入梅花一线香；
蝼蚁也怜春色早，倒拖花瓣上东墙。

活泼、鲜色、靓丽、俏皮、童真，这首诗的精彩之处颇多。引入色泽“金”“红”，以动植物暗喻颜色，钗“金”，梅“红”，蚂蚁“黑”，春色“绿”，花瓣“多彩”，诗中可谓五彩斑斓齐聚一堂，用笔精巧，毫无堆砌之感。通过“刺”“引”“香”“怜”“拖”等行为动作切割画面，多角度呈现，并具连续性，形成一幅恣意流淌的泼墨画卷。

及笄之年的黄峨，多有显贵前来提亲，少年英挺者不在少数，但黄娥就是看不上。父亲黄珂问及原因，黄娥说自己的夫君一定要像杨慎状元郎那样志趣高远，博古通今，知音晓律。立下这个择偶标准后，放眼天下，除了杨慎，哪有这么一个人呢？于是，黄娥的婚事就这么一拖再拖，直到二十岁时，才拨开云天见日月。

正德十二年（1517年），上疏不利的杨慎，以养病为由回到了蜀中新都县，其后不久，原配夫人病故。次年，杨慎得知尚书之女黄娥二十多岁还待字闺中，且文采洋溢，很合自己心意，于是征得父亲同意，派人去遂宁提亲。杨慎父亲曾任当朝宰相，与黄娥父亲同朝为官，自是有交集，加之又是同乡，这一桩婚事两家一说即成。缘分原来如此简单，这是黄娥没想到的。

新婚燕尔，幸福的黄娥写下了一首情意浓浓的《庭榴》表达了心迹：

移来西域种多奇，槛外绯花掩映时。
不为秋深能结实，肯于夏半烂生姿。
翻嫌桃李开何早，独秉灵根放故迟。

朵朵如霞明照眼，晚凉相对更相宜。

以石榴树喻自己，喻心情，喻未来的憧憬。石榴红艳艳，象征热情似火的心境，对火红生活的展望。石榴多果实颗粒，象征开枝散叶，子孙繁衍强盛，多么美好的一番前景啊！黄娥对杨慎的爱情是热烈的、坦诚的、公开的。杨慎也回应妻子以温情与爱恋："银汉无声下玉霜，素娥青女斗新妆；折来金粟枝枝艳，插上乌云朵朵香。"为爱人簪一枝弥香的金桂，月若有情月长圆，最痴不过相爱人。两人情深意笃，度过了一段缱绻缠绵的时光。

有着学问和见识的黄娥，希望自己的丈夫是一个以事业为重、不忘施展抱负的男人。小家虽然舒适惬意，但是，她不希望享乐安逸的生活耽误丈夫的前程。深明大义的黄娥鼓励丈夫回京复职，担当应有的责任。他们结婚第二年，杨慎携黄娥回到了京城继续做官。

当年黄娥随父亲从京城回到蜀中时，曾一度思念在京城的时光，她作散曲自弹自唱：

东风芳草竞芊绵，何处是王孙故园？梦断魂萦人又远，对花枝空忆当年。愁眉不展，望断青楼红苑。合离恨满，这情衷怎生消遣！

这首《玉堂客》抒发了她对昔日往事的美好眷恋，依依情怀，好生动人。不久便流传到了京都，杨慎也正是通过这首散曲记住了黄娥，这算是他们爱情的媒介，非常有意义。

杨慎十一岁能诗，十二岁写有《古战场文》《过秦论》，才华横溢，与解缙、徐渭并称明朝三才子。他擅长经学、史学、音韵学、书法绘画等，对戏曲音乐和民俗文艺等也有很深的研究，对明代的文化建设作出了重要贡献。杨慎才高八斗，同时他也是性情中人，为人处事执着坚持。

明武宗驾崩后，因没有儿子继承，便由堂弟朱厚熜聪继位，即明世宗。世宗即位不久，便想将自己已亡故的父亲兴献王尊为“皇考”，享祀太庙。这个明显与明朝皇家礼法相违背，遭到了以杨廷和为首的内阁派的竭力反对，杨慎也涉及其中。父亲杨廷和被迫辞职回乡，杨慎也被发配谪戍云南永昌卫。这一连串的政治打击，只是转眼功夫，一切就成定局。看着官场失意的丈夫被遣往滇南寒苦之地，黄娥心疼至极，决定陪伴丈夫一同前往。

行至江陵驿站，杨慎再也不忍心妻子随同受苦，便力劝黄娥回新都老家。他们立于寒风瑟瑟的渡口，泪眼相看，难舍难分，杨慎作《临江仙·江陵别内》：

楚塞巴山横渡口，行人莫上江楼。征骖去棹两悠悠，相看临远水，独自上孤舟。却羡多情沙上鸟，双飞双宿河洲。今宵明月为谁留，团团清影好，偏照别离愁。

黄峨见此，更是悲伤不已，挥笔作下《罗江怨·阁情》四首，其一云：

空庭月影斜，东方亮也。金鸡惊散枕边蝶。长亭十里、阳关三叠，相思相见何年月。泪流襟上血，愁穿心上结，鸳鸯被冷雕鞍热。

离情别绪，忍不住泪珠儿扑簌簌流淌。

至此去，杨慎便一直充军滇南，一个雁儿渡不过的边远地方。黄娥回到杨慎的老家新都县，孝顺老人，操持家务，教育小辈。一晃三十年，三十年如一日，他们各自天涯，却情义绵绵，书信不断，以诗文、散曲诉相思之苦，生活之念。

其间，黄娥也曾前往滇南陪伴丈夫两年，两人同甘共苦，一起扛起命运的艰难，不弃不离，情真志坚。

千山万水，挡不住诗情满满，曲艺缠绵。黄娥在几十年等待丈夫的日子中，写下了许多脍炙人口的佳作，她作的《黄莺儿》散曲一直被传颂：

积雨酿春寒，看繁花树残。泥途江眼登临倦，云山几盘流几弯，天涯极目空肠断。寄书难，无情征雁，飞不到滇南。

还有一首《失题》道:

泪珠纷纷滴砚池，断肠忍写断肠诗。自从那日同携手，直到而今懒画眉。无药可疗长恨夜，有钱难买少年时。殷勤嘱咐春山鸟，早向江南劝客归。

黄娥写给丈夫的书信，从不经他人手邮寄或保存，包括自己的亲人，因此流传于世的作品并不多，仅就盛传的作品看，已足以展现其才情和气度，令人赞叹。

夫妻分离几十载，杨慎七十岁了，按照明朝律例，年满七十岁者即可归田，却不曾想，杨慎刚刚回到四川，朝廷的鹰犬就将其抓回云南服役。这嘉靖皇帝大赦天下，可以原谅所有人，就是不放过杨慎。黄娥与丈夫安度晚年的最后一线希望也破灭了。不到半年，杨慎在一座寺庙中含恨郁郁而终。黄娥听到消息后，不顾花甲年迈，执意奔丧云南，行至泸州境内，与丈夫的灵柩相遇。夫妻再见，已是天人永隔，话不尽凄凉。

为了保全杨家大小的安全，黄娥说服族人，打消厚葬杨慎的想法，她怕节外生枝惹出麻烦。果不其然，皇帝再次派来人查验杨慎的出殡情况，当看见死去的杨慎仍然穿着戍卒的衣服时，他们才肯放过杨家人。黄娥的智慧和远见，化解了杨家的这场危机。待嘉靖驾崩，明穆宗继位，这位新上任的皇帝为了赢得人心，宽赦“议大礼”获罪诸臣，杨慎也是特赦官员之一。皇帝不但追封杨慎为光禄寺少卿，而且追封他为文宪公。只是，这迟来的“平反”，已经无法慰藉垂暮之年的黄娥。有什么能弥补她的光阴和悲伤呢？

历史没有忘却这一对才情非凡的夫妻，在四川的文化名人评选中，黄娥和杨慎夫妻双双入选，夫贵妻荣，才子佳人，好一段巴蜀爱情传说。

相对于卓文君的传奇，花蕊夫人的惊艳，薛涛的娴静，黄娥作为四川才女中的一位，淡然如雏菊，清芬如栀子，她馨香光华，令人喜爱，许多人不曾忘却她，以及她和杨慎的那段爱情。

第三篇

红袖香销一十年

红尘无涯苦作舟，青史几番留春梦。

她们是历史上一群才华出众的女子，千百年来，以诗书闻名于世，以故事打动人心，以成就传颂于今。因为她们特殊的身份，不仅在当时饱受非议，在当下也成为议论的热门话题。

清莲出污泥而不染，佛入红尘仍是我佛。

她们虽生存于烟花之地，却天生聪慧，才气逼人，练达人生，洞悉世情，游刃于社会的边缘，行走在交错的人生路口。

她们入世，出世；世俗，脱俗。

她们吟诗作赋，琴棋书画，样样精通。

她们谋生谋爱，在罅隙中求存，在夹缝里问情，她们谱写了一首首动人的诗篇，留下了一段段传奇。

最美不过栀子心，最高不过鸿鹄志。

她们以柔情演绎女儿情，以坚韧展示男儿气。

她们无边风月，盈盈而立，站成一道最靓丽的历史风景线。

“易得无价宝，难得有情郎”，这是她们内心最渴望的人生愿景。

这是一群风华绝代的女子，她们曾点亮苍穹，闪耀星空。

薛涛：一任南飞又北飞

浣花溪畔芙蓉开，百花潭里水潋滟，慧心制得笺十色，无尽书话意绵绵。

问那南来北往鸟，捎去一片风儿么？怎个不见离人还，蜀中已然是晴川。

薛涛，唐代四大女诗人，巴蜀四大女诗人，人称“女校书”。创制“薛涛笺”。

相识满天下，相知能几人。扪心自问之，思慎放眼去，世间多少事，都付了东流水。

唐朝女诗人薛涛道：“风花日将老，佳期犹渺渺。不结同心人，空结同心草。”女人的一生，盼情人，结同心，得知己。一个温暖的怀抱，一盏长明的灯火，一枕坚实的臂弯，生命中无非这些期许罢了。只不过，最简单的心愿，也常常空留余恨。“花开不同赏，花落不同悲。欲问相思处，花开花落时。”生活便是这样，好花不常在，好景不长来，爱情亦是如此，“那堪花满枝，翻作两相思。玉箸垂朝镜，春风知不知。”这是薛涛《春望》中的想、念、思、问，万千思绪，殷殷等候，却奈何春来春又去，相思空留相思意。

这位巴蜀历史上著名的才女，与鱼玄机、李冶、刘采春并称为唐朝四大女诗人。薛涛字洪度，又被称为“扫眉才子”“女校书”等，籍贯长安（今陕西西安）。她一生文学创作丰沛，作了诗集《锦江集》五卷五百余首，现多散佚，传世只有88首。

生于官宦之家的薛涛，少年时无忧无虑，性聪慧，思敏锐，心玲珑，她是父母掌上的明珠，备受宠爱，小小年纪就能文能诗。一日，父亲薛勋在院中看见一株古老参天的梧桐树，感触成句：“庭除一古桐，耸干入云中。”话音刚落，就听薛涛续接道：“枝迎南北鸟，叶送往来风。”好个即兴的诗作唱和，薛勋由衷赞叹八岁的女儿思情敏捷、出口成章，才华着实了得。欣喜的同时，他心也不由一沉，忧虑起来，诗中的“迎”“送”“往来”等词汇，实乃飘零孤独、无依无靠之兆啊，似有种不祥的预感漫上心头。

薛涛与父母一起度过无忧无虑的童年时光。生活在这个温馨知性的家庭中，她只待长发及腰，嫁与有缘人。却不料，薛涛十四岁那年，父亲薛勋因感染风寒久病不愈，抛下妻女，撒手人寰。这个家庭的顶梁柱一下子坍塌下来，经济来源猛然断掉，母女俩的生活得不到保障，日子越发艰辛，最后连生存都成了问题。困窘之下，薛涛含泪恳请母亲同意她入青楼，做官妓，以养活自己和家人。望着这个难以为继的家，除了同意女儿的建议，薛涛母亲别无选择，泪眼婆娑中不得已将薛涛送进了青楼。

唐代诗人杜牧在《春末题池州弄水亭》中道：“嘉宾能啸咏，官妓巧粧梳。”“官妓”一词，在诗人笔下不算是一个陌生的字眼。官妓不同于一般勾栏的妓女，其管理十分规范。其中不乏能吹拉弹唱，会琴棋书画、吟诗作对的才女，薛涛便是其中的佼佼者。

贞元元年（公元785年），中书令韦皋出任剑南西川节度使。在一次宴会中，听闻薛涛颇有才情，当即指名即席作诗。只见薛涛从容淡定，蘸墨提腕，挥笔写下了一首《谒巫山庙》：

乱猿啼处访高唐，一路烟霞草木香。
山色未能忘宋玉，水声尤是哭襄王。
朝朝夜夜阳台下，为雨为云楚国亡。
惆怅庙前多少柳，春来空斗画眉长。

侍从将诗作呈上与韦皋一看，这位工于词章的才子不禁拍手叫好，席间宾客竞相传阅，无不翘起大姆指称赞：“此乃佳作也！”这首诗心境开阔，清幽哀婉，引经据典，畅怀遐思，不像女儿家文风，更有种男子挥毫泼墨的气概。此后，韦皋府上宴请就多了薛涛的身影，她成为节度使府上侍宴的常客，并在不断的社会交游中，展现了出色的应对能力和非凡的活动能力，逐渐声名远播，慕名者从蜀中到京都，从官员到才子，比比皆是。

薛涛到底有多大的魅力，吸引了这么多人？想来，文采是最好的证明。

在逐渐深入的交往中，韦皋越发欣赏薛涛的才能，他觉得这位女子虽是官妓身份，却有与众不同的才干，很适合从事幕僚文牍工作，如果朝廷加以任用，说不定更能发挥她的特长。而这种不拘一格的人才选拔，也不失为一段佳话，流传千古。于是，韦皋认真准备奏请朝廷，请求任用薛涛为校书郎官职。韦皋这种前卫的想法，不是人人都能理解的，最终，他府中的护军进言：“军务倥偬之际，奏请以一伎女为官，倘若朝廷认为有失体统，岂不连累帅使清誉；即使侥幸获准，红裙入衙，不免有损官府尊严，易给不服者留下话柄，望帅使三思！”听闻此言，韦皋觉得很有道理，权衡利弊后，最终搁置了这个报请提议。

不过，在韦皋的心目中，薛涛有无“女校书”的头衔无关紧要，她在他心中已然是不折不扣的“女校书”了，有诗为证：“万里桥边女校书，枇杷花下闭门居。扫眉才子知多少？管领春风总不如。”这首诗不但点明了薛涛的住址在万里桥畔，连她家门旁的几棵枇杷树也入诗了。更是直接将“女校书”冠冕赠与了薛涛，称赞其才学不让须眉，男儿也自愧不如。自此后，薛涛“女校书”的美誉不胫而走，“枇杷巷”也成为了妓院的雅致别称。

蜀中人尽皆知薛涛名，全国各地也竞相传播“女校书”的故事。慕名来与薛涛诗词唱酬的才子越来越多。当地的名士、才俊都以能亲眼目睹薛涛芳容为幸，与之诗词唱和为荣。其中，与薛涛有过文字过从的有名士元稹、杜牧、张籍、白居易、刘禹锡、张祜等，在这些人中，又以元稹最为特殊。

元和四年（公元809年），元稹任监察御史，奉命按察两川，来到蜀中，他托人寻了机会与薛涛相识。当时薛涛41岁，元稹小其十岁。可是，这种所谓的差异，并未影响到两个人的相遇、相识、相惜、相知、相爱，于是，一场姐弟恋拉开了序幕。

四十出头的女人，娇艳妩媚，成熟芬芳，透着一种从容和闲淡，让人安心静怡。元稹当时丧妻，独身一人在外，自是心灵孤寂，精神需要寄托和慰藉；步入中年的薛涛，正是女人味最浓烈的时候，有母性的光辉，有姐姐的细腻，任何一种角色都足以温暖此时孤单的元稹，加之才子才女碰触的火花，更别于一般爱情故事。认识不久，两人迅速坠入爱河。

第一次见面时，薛涛送给了元稹文房四宝，作诗一首:“磨润色先生之腹，濡藏锋都尉之头。引书媒而黯黯，入文亩以休休。”元稹当即被眼前这位才华横溢的女子折服，情愫悠悠起，遂即赋诗表达炽热情感：“锦江滑腻蛾眉秀，幻出文君与薛涛。言语巧偷鹦鹉舌，文章分得凤凰毛。”元稹将薛涛比作与司马相如私奔的卓文君，不惜巧辞赞美薛涛的口才与聪慧，最重要的是钦佩其文采了得。这些热情洋溢之词，怎叫薛涛不心思荡漾呢？两人的感情在诗来诗往中迅速升温，情意绵绵泛于笔端：

双栖绿池上，朝暮共飞还。

更忆将雏日，同心莲叶间。

对爱情憧憬，对婚姻向往的薛涛，与元稹朝夕相处时，幻想着“池上双凫”，只可惜，最终落得两地相思，一处闲愁。元稹在川的工作完成后，必须回到京都复命，这一去，本说好再相聚，却最终是薛涛等到了元稹娶妻纳妾的消息。这段情缘无疾而终，破碎了薛涛对婚姻的憧憬。从此后，她着道服出家，终身未嫁。

在薛涛一生中，对其影响最大的莫过于韦皋。韦皋爱才，爱这位万般风情的官妓，对她包容，对她提携。当薛涛利用韦皋之名敛财纳金的时候，韦皋本想严厉惩戒薛涛的不守本分，发配她到人迹罕及的荒蛮之地松州。但当他收到薛涛发配途中邮来的《十离诗》时，被诗中的情真意切和伤悲哀婉所深深打动了。薛涛不易啊！韦皋考虑再三，最终免去了对薛涛的严厉处罚，且在她回蓉不久，又将其乐籍脱去。从此，薛涛获得了自由身，可以做自己喜欢做的事情，追求自己无限向往的爱情。

听说爱情来过，却始终没有回头，薛涛心中所念所企盼的归宿，最终被万丈红尘所掩埋。穿越时空，走进某天某个夕阳暮色下，可以看到一个身影，诗笺陪伴，青灯黯照，身前一尊寂寂的古佛，在她眼中越发清冷和澄澈。

生命的绽放如花红花落，65岁的薛涛，在蜀中走完了她多舛的人生历程。时任剑南节度使的段文昌为她题下了墓铭志：“西川女校书薛涛洪度之墓”。

如今，浣花溪畔，一年春来到，那人、那天、那些往事依旧还在传说着。

鱼玄机：莺语惊残梦

一问飞卿，心有幼微；试问飞卿，何能相偎；再问飞卿，可曾幽微？

真心易予，情郎难求，一片初心，付与任真，天地玄黄，如何看清？

鱼玄机，唐代四大才女之一，千古话题女性。

大浪淘沙，幸存遗珠几枚，竟惹来探寻者一拨又一拨？话题兴起，纷争何其多。唐代女诗人鱼玄机就属其中一位有故事者。

鱼玄机，名幼微，字慧兰，生于唐武宗会昌二年长安城郊一位落拓书生人家。鱼父虽览读诗书，腹中有才华，却一生功名未取，家境十分清寒。见幼微机敏聪慧，悟性颇高，于是，将满腔的热情和毕生的精力都倾注于女儿身上，以诗文教育爱女。五岁时，幼微就能背诵上百首经典诗章，七岁作诗，十岁文采享誉长安城，与之唱酬者，皆是较有名气的诗人，其中就有大才子温庭筠。

温庭筠本名岐，字飞卿。《旧唐书》谓其："士行尘杂，不修边幅，能逐弦吹之音，为侧艳之词。"著有《握兰集》《金荃集》，已不传。留存诗词66首，诗与李商隐齐名，称"温李"，词与韦庄齐名，称"温韦"。温庭筠传世的几十首作品中，不乏与鱼玄机唱和之作，才子才女，好一段佳话。被后来人津津乐道，打动过无数人的心，只不过这段情留下诸多遗憾于世间。

与温庭筠初相识，还是玄机少女时。因与鱼父情谊颇好，温庭筠时常到鱼家走动，彼此交流诗文经书。玄机在侧，其伶俐聪敏劲儿都印入了温庭筠眼中，告知鱼父此女如果是男儿身必非同凡响。鱼父暗喜，更是有心栽培之。

玄机十五岁时，出落得清丽标致，面若芙蓉，娇似夏荷，更以锦绣文章名满京都，才情已是不输男儿半分，其仰慕者众多。如果不是鱼父骤然辞世，玄机许配一户好人家，那是顺理成章的事情。只是，上天并没眷顾这位美丽的才女，失去父亲后，玄机和母亲生活艰难，不得不卖掉房产，在烟柳之地租赁一间小屋，以给妓女们浆洗衣物而维持生计。

作为鱼父的好友，听闻母女俩处境困窘，此时已功成名就的温庭筠义不容辞地伸出援手，寻了机会，做了玄机的老师。于是，一段刻骨铭心的暗恋就此拉开序幕。

温庭筠与鱼父年龄相差不远，按照现在的潮流叫法，玄机应该呼其为温大叔。大叔与萝莉如果有爱情故事，搁在当下是最为流行的。温庭筠和鱼玄机，会在大唐演绎一出现代情感剧吗？

历史上的唐代，不但国家繁荣昌盛，文化更是百花齐放，而时风也尤为开放，从皇室到民间，从公主到民女，从俗间到道观，留下了许多冲破封建束缚和礼仪枷锁的情感故事。就像鱼玄机已然无可救药地爱上了温庭筠，爱得一发不可收拾，这正是这种时代背景滋生的必然产物，其发生与发展理所当然。

少年时，玄机得识温庭筠，对这位满腹才华的男子已颇有好感，而今更有了师生情谊，一种亲近感油然而生。慢慢地，玄机情愫暗生。不得见时，常思念，梦相牵，这“才下眉头却上心”的转辗反侧，等到复相见，才相安。少女的情怀，一旦漾动波澜，如三月的春水破晓晴川，便再也无法平静。

少女情怀，温庭筠能明白吗？他何尝不明白呢！

都说诗人的神经敏感，心思缜密，感情丰沛，对于鱼玄机的情愫暗投，明眸流转，温庭筠早已知晓，看得明白。只是，他必须一如既往地装作不懂，以打消玄机蠢蠢欲动的情丝暗涌。但越是这样充耳不闻，越是给了玄机一种美好的向往。

温庭筠值得玄机托付吗？

玄机心中认定是可以的，而温庭筠心里一直觉得玄机这想法不切实际。原因很简单，其一，温庭筠是鱼父的好友、玄机的长辈，他们隔辈了；其二，温庭筠长玄机许多，大叔与萝莉的爱情能得到世人认可吗？其三，温庭筠和玄机有师生名分，如果他们结合，流言蜚语会中伤少女玄机；其四，温庭筠一直自卑，虽才情了得，长相却貌似“钟馗”，老觉得自己与玄机不相匹配。基于这么多的考虑，温庭筠打定主意“不为所动”，尽力教导玄机诗文，照顾好这对困苦的母女。

这样过了两年，玄机越发知性，越发美丽，已然是许多青年才俊心中的“女神”，唯独她的老师飞卿视而不见。玄机这种暗恋既伤怀又伤心，更是念念不忘。当温庭筠离开长安，远去襄阳任职时，一下子撕开了玄机心中的这道伤口，她写道：

阶砌乱蛩鸣，庭柯烟雾清。月中邻乐响，楼上远日明。
珍簟凉风著，瑶琴寄恨生。稽君懒书礼，底物慰秋情。

情为何物，天意弄人啊！玄机的深情在一封封书信中：“苦思搜诗灯下吟，不眠长夜怕寒衾；满庭木叶愁风起，透幌纱窗惜月沈。疏散未闻终随愿，盛衰空见本来心；幽栖莫定梧桐树，暮雀啾啾空绕林。”这《冬夜寄温飞卿》等来的是温庭筠一如既往的沉默。

再见老师时，玄机出落得更加明艳动人，她款款而来，眸眼含情涟涟春水。温庭筠懂，却不敢应，心想，当务之急是给玄机寻一个好夫家。

恰巧，一位优秀的青年出现了。他叫李亿，一位贵族公子，才学兼具，来京出任因祖荫而荣获的左补阙官职，正好与有过文字交集的温庭筠不期而遇。在温庭筠家中，李亿无意看到了一首字迹娟秀的六言诗：

红桃处处春色，碧柳家家月明。
邻楼新妆侍夜，闺中独坐含情。
芙蓉花下鱼戏，螮蝀天边雀声；
人世悲欢一梦，如何得作双成。

清丽的文笔，幽幽的情思，明快的语言，让李亿爱不释手，怦然心动间连问飞卿出自何人之手。卿回答是“鱼幼微”。这首诗在猛然间撩动了青年李亿的情思。本在来京之前，李亿就知道玄机奇才，不曾想今日未见人心已随诗动。此刻，他按捺不住情绪，恳请飞卿能牵线搭桥引荐之。对李亿的欣喜举动，温庭筠早已看在眼里，一些想法悄悄萌发了。

李亿，字子安，二十二岁韶华，青春倜傥，才貌双全，年纪轻轻已官至左补阙，可谓前途无量，若与玄机相配，实在合适不过。在温庭筠的撮合下，这对才子佳人擦出了爱情火花，不久，李亿便花轿迎娶，玄机嫁与子安为妾。婚后的日子，两人情投意合，缠绵缱绻，诗词唱和，唯愿时光不前，如此就好。不过，这些花好月圆和良辰美景的憧憬，最终被一个人打破了。

原来，李亿的原配夫人裴氏来到了京城，李亿背着夫人纳妾的事情败露。尽管他在裴氏面前强装笑颜，恳求夫人能接受小妾幼微，但这位出身名门的女子却至始至终不承认他们的结合，甚至毒打幼微，并要求李亿马上休了幼微。面对妻子的强势，掂量裴家的权势，李亿最终妥协了，将幼微悄悄地送到了一处避静的道观——咸宜观，并出资修葺，又捐了一笔数目可观的香火钱，誓言一定将幼微接回。

幼微与李亿的婚姻仅仅只维持了八个月，最终以悲剧收场。接下来是漫长的光阴，幼微真的将和青灯古佛作伴一生，还是苦苦等待李亿的回心转意，终究有一天会来接她回家？

这世间有多少承诺可成真，就像幼微与李亿一样，自此挥别后，那些无穷无尽的思念便成了怀念。李亿终是没有来到道观，是妻子管得严，还是慢慢选择忘记，个中原因不得而知。只是痴情女幼微忘不了、放不下。就像师傅赠与她“玄机”道号，如何参透，如何开悟？

玄机，玄机，一切未知发生发展着，无法看清其本质和走向，任凭人揣度和想象。

清冷的道观，玄机为梦坚守，当梦醒来时，她将如何选择？

李亿走了，她口口声声念着的子安，温柔地牵着妻子的手离开了京都，一句话也没留下。玄机“笑”呢，她道：

羞日遮罗袖，愁春懒起妆。
易求无价宝，难得有情郎。
枕上潜垂泪，花间暗断肠。
自能窥宋玉，何必恨王昌？

红尘缘来如此！圈圈绕绕这一遭，有些人注定相遇，又注定要离开，来来去去皆是如此。这首《赠邻女》便成为了鱼玄机人生的分水岭。

不久，一则“鱼玄机诗文候教”的消息传遍了京城大街小巷，文人雅士、风流公子，竞相前往咸宜观拜访鱼玄机。在观中，他们谈天说地、品茗赋诗、把酒言欢、寄情山水，好一派春情盎然。

青年才俊、落拓书生等都成了玄机的座上宾。与此同时，玄机收养了几个出身贫困的小姑娘作婢女，其中有一位叫绿翘的特别机灵聪慧，很得玄机欢心，常使唤左右。

一次，玄机外出春游聚会，临行时嘱咐绿翘：“不要出去，如有客人来，可告诉我的去向。”其实，她是心心念着乐师陈韪呢，离观也想着情郎可能来访，专门叮嘱婢女好生款待之，等她归来。不过，这一次的布置交代，似乎偏离了玄机的精心安排。

鱼玄机回到咸宜观后，绿翘禀报：“陈乐师午后来访，我告诉他你去的地方，他‘嗯’了一声就走了。”玄机发现婢女吞吞吐吐，神情不对，心生疑虑，怀疑绿翘与陈韪有染。鱼玄机的挫败感顿时袭来，对绿翘更是多次鞭打，逼问实情。此时的绿翘不但不服软，还口口声声控诉玄机的诸多不是，这更加激起了玄机心中的不快，下手越发凌厉。当绿翘的头部撞上地面后，就再也没有动弹。

出人命了！玄机打死了绿翘，她此时才意识到事情的严重性，慌乱了，害怕了。但是，杀人偿命是亘古不变的铁律，谁能逃脱！

一天，咸宜观的来客在庭院中发现一处苍蝇群聚，总觉不对劲，于是告知官府。官府派人挖开泥土，泥土下一具尸体已然腐烂，经认定便是玄机的婢女绿翘。

衙门里，鱼玄机对杀害绿翘供认不讳。一纸判书，将年仅24岁的才女鱼玄机推上了断头台。

这位曾说“易求无价宝，难得有情郎”的女子，谁能明了其心呢?

有些人有些事，必定会在某些环境下发酵。悲情女性，悲哀女子，鱼玄机最终死于封建社会的皮鞭下，死在因时代造就的心理阴暗里，的确如此!

李季兰：不抵相思畔

东西远近，清溪深浅。日月高明，夫妻亲疏。看透为哪般？

祸起蔷薇，因由架却。玉真观里，不老诗心。有才哪般好？

李季兰，唐朝四大才女之一，一位因政治而香消玉殒的女才子。

张爱玲说："出名要趁早啊！"

出名早，是好事。出名太早，有时未必见得是好事。

东晋才女谢道韫年少一句"未若柳絮因风起"传颂古今，李清照儿时沉醉在"争渡，争渡，惊起一滩鸥鹭"的童趣中，女诗人薛涛八岁吟诵"枝迎南北鸟，叶送往来风"，预言了她一生的遭际，这些历史上的才女扬名可真是早啊。不过，要说有更早出名的，不得不提唐代四大女诗人之一的李季兰。

李季兰名冶，唐玄宗开元初年生于风光明丽、毓秀钟灵的浙江吴兴（今湖州），这儿旖旎的山水，深厚的人文，不但陶冶了李冶灵秀的才情，更将她养育得明媚可爱、才思敏捷，小小年纪已是当地的小名人了。

一日，父女俩小憩于庭院中，见墙边蔷薇怒放，正是艳丽招展时，父亲灵机一动，问："丫头，看见那株蔷薇了吗？"他抬手一指。李冶随手望去，说："嗯，爹爹，好看呢！""那你赋诗一首如何？"但见小李冶凝眸流转，轻轻摇着小脑袋，静静思慎稍许后，嫩声道来："经时未架却，心绪乱纵横。"话音一落，李父先是一喜，丫头真是好才情，张口便是华章风采，转而又一琢磨，总觉哪儿不对呢？

"架却"不是"嫁却"的谐音吗？不光如此，丫头的心思还因蔷薇"架却"（嫁却）而纷乱十分。李父眉头一皱，不禁担忧起来，轻叹道："这丫头今后如何得了啊，小小年纪就心性不静，春心萌动，长大后怕是要辱没门庭了，也罢，送去道观修身养性吧。"

李冶这首诗歌真的就蕴含春情吗？是李父解读正确，还是冤枉了小李冶？

当然，李冶是冤，这么小的年龄怎可能懂风月之事？

她是想说："这些蔷薇花儿，架子还没搭好，它们就横七竖八地四处爬满了，开得这么着急。"却不曾想，自己的父亲将这种心绪作了小儿女的情愫来看待，这是多么荒唐的联想啊！

薛涛并没因"枝迎南北鸟，叶送往来风"被父亲过分地约束或管制，而李冶的遭遇却不同，因为一首诗歌，却被父亲草率地送往了玉真观修行，从此青灯黄冠卷相依相伴，命运从此改变。是父亲的绝情，还是封建礼教在作祟呢？如今说不清了。唯一能知道的是，李冶并没因身在道观，而远离红尘，更因无人庇护和疼爱，加速了她对情感的渴望，从而演绎了几段精彩纷呈的爱情故事，留下诸多篇章任人评说。

李父想周全李冶一生，让她此生安静无争，闲淡生活，但事与愿违。在将李冶送入道观时，有些宿命和结局或就注定了，他倒成了推女儿入火坑的“罪魁祸首”。为什么这么说呢？

其实，唐朝是历史上道教繁荣昌盛的时代，从都城到村野，从男子到女子，从士子到平民，都非常热衷于当道士，或去道观中行走往来。有些道观，最后变相成为男女相会的好去处，特别是才子才女更是热衷，他们能诗能文，才华风貌，多有情趣健谈者，久而久之产生感情和爱慕自是可能的。李父没有想到，自己的决定反而将女儿送到了风月的温室中，一块春情的发源地里。

细细算来，唐朝四大才女中，有三人入了道观，薛涛暮年入道，鱼玄机青年入道，李季兰儿时就入道了。道观成为她们“谈情说爱”之地，也成为她们心灵的“庇护所”，多么相似的经历啊！是上苍的捉弄，是宿命的安排，或更是社会的不公吧。

去修行的李冶从此有了新名李季兰，她正式落户玉真观。那时少不经事，心性单纯，绝佳才情。在道观里，她抚琴、吟诗、作文、修身，倒过得非常清净自在，无牵无挂。这样清清冷冷成长到了花季，16岁的李季兰正值蓓蕾待放、娇柔鲜妍时。当她遇见来道观中走动的青年才俊，季兰会不由自主地“和羞走”，若有人试探性地挑逗几句，季兰也不加以喝斥，反倒显得更妩媚动人、含情娇羞。慢慢地，不少人都知道了玉真观有位才色并茂的小道姑，慕名来者比比皆是，不乏优秀才俊。

在这场热闹欢场中，李季兰如鱼得水，最先映入她眼帘的男子，是一位叫皎然的年轻和尚。这位和尚可不一般，此人是东晋谢玄的后代，到了唐朝，谢家虽然没落，但皎然依旧洋溢着贵族般的风度翩翩。这谢家人，不管是东晋的谢玄，还是唐朝的皎然，一直崇尚修身养性，向往田园乐土，有文士之风，也有农人知趣。就说这皎然吧，在几次应试不中后，潇洒地选择了出家做和尚，成就另一种圆满。在季兰认识皎然时，他已经是当地“名士”了，不但精通诗文经典，更是通晓茶经茶道，包括种植茶叶。皎然还是“茶圣”陆羽的引导者和推广者。季兰爱上了皎然，在不知不觉间，爱情发芽抽穗了。她送给皎然的诗写道：

尺素如残雪，结为双鲤鱼。
欲知心里事，看取腹中书。

想与皎然双宿双飞，借“腹中书”道“心中情”，季兰可谓直抒衷肠。可这首《结素鱼贻友人》诗搁在了皎然手上，他会怎么想呢？

面前这位娇若桃花的“好妹妹”，既是同道人，又是心意相通的知己，任谁能不动心呢。但是，皎然却对此“冷酷无情”，任凭季兰如何主动，都不为所动。他回诗言道：

天女来相试，将花欲染衣。
禅心竟不起，还捧旧花归。

皎然一首《答李季兰》，简单明了地表达了自己问佛追禅的不改决心，同时顾全了李季兰的面子，将情感处理得大方得体，温婉清丽，尽显雅士之风和绅士气度，君子形象跃于字里行间。

李季兰看罢，难免伤心感怀，情绪低落一阵后，也就看开了。所谓“众里寻他千百度，那人却在，灯火阑珊处。”总有那么一个人，等待在某个不经意的拐弯处吧。不久，有人主动闯进了季兰的世界。此人叫阎士和，他是皎然的好朋友。

不过，这阎士和才情并不突出，对于喜好诗文的李季兰，他该用何手段俘虏季兰的心呢？

暗恋皎然是少女的懵懂，那时她还不懂什么是爱，怎么去爱。当她遇到阎士和，爱情的期许万分高涨，很快就被阎士和的追求热情点燃了。两人如胶似漆，甜蜜如饴，开始了一段浪漫美好的时光。能等来一心一意人，李季兰开始向往未来生活，她渴望生命的归宿，渴望有一个温暖的家。只是，交往中，不管阎士和如何对李季兰好，就是不提及婚姻之事。这是典型的只恋爱不结婚啊，李季兰哪想过这些，总认为相爱的两人是可以牵手到白头的。

这阎士和大小是朝廷官员，家中也有些背景，若想要娶李季兰回家，就可能会遭到家人的反对和阻扰，产生不必要的间隙和隔阂，更重要的是他心中从没有迎娶李季兰的打算，这才是问题的症结所在。久而久之，李季兰也看出了端倪，她在《送阎二十六赴剡县》中写道:

流水阊门外，孤舟日复西。
离情遍芳草，无处不萋萋。
妾梦经吴苑，君行到剡溪。
归来重相访，莫学阮郎迷!

这是在留言离别，还是希望远走的人不要忘了身后的人儿呢。阎士和最终真真地忘了曾与他甜蜜相处的李季兰，再也不复返。“情来对镜懒梳头，暮雨萧萧庭树秋。莫怪阑干垂玉箸，只缘惆怅对银钩。”情郎来信了，但无法猜到信中是如何说的，李季兰在《得阎伯均书》中抒写的郁郁寡欢，分明有种失意的情绪流露，她失恋了。

后来，李季兰再遇名士朱放，他们擦出的火花也没能点亮李季兰的梦想征途，她终究是望着情人又远去，一去便是万水千山。

其实，在李季兰生命中，何止这三位才子名士，只是，他们给李季兰的爱是刻骨铭心，无法忘怀的。面对陆羽十多年如一日的情感呵护，季兰或许都没觉得能与这三段感情相提并论吧。有时，得到了的却往往容易被忽视，只有当失却后方觉可惜。季兰没记住，在她生病痛苦时是谁为她送汤喂药，这不是亲人胜似亲人之举，倒成了一种习惯。

至近至远东西，至深至浅清溪。
至高至明日月，至亲至疏夫妻。

失去过，得到过。得到了，远去也。人生便是如此，失得皆在转瞬间，不是谁能真正把握和控制的。

李季兰在江浙一带久负盛名，甚至传到了京城，传到了玄宗耳朵里，让这位皇帝也住不禁好奇起来，下诏季兰进京面圣。李季兰曾在《恩命追入，留别广陵故人》中提及此事，她道：

无才多病分龙钟，不料虚名达九重。
仰愧弹冠上华发，多惭拂镜理衰容。
驰心北阙随芳草，极目南山望旧峰。
桂树不能留野客，沙鸥出浦谩相逢。

步入中年的李季兰，深感容颜不再，人老珠黄，这样面圣，心中难免有失落。不过，皇帝也不是因为李季兰的美貌召她入宫的，不过好奇其才情罢了。季兰得到了玄宗接见，并在宫中小住一个月，而后皇帝赏赐了不少锦帛，让季兰荣归故里。也许是京城没游览完，也许是繁华没看够，又许是不想再劳累奔波，最终李季兰没有按照圣意回到玉真观，却在京城落户下来。

正是这次选择，注定了李季兰的悲剧人生。

到她暮年时，正值唐德宗在位，发生了一起政变，因德宗长期拖欠泾原将士的军饷，引发兵变，正好曾任泾原节度使的朱泚居住长安，当即被叛军（部下）拥立为皇帝，改国号秦，历史上称“泾师之乱”。

朱泚占领朝堂后，不但胁迫朝中大臣承认其合法地位，并四处物色人选为其歌功颂德，以示其正统，以获取民心民意。因此，得到过前朝皇帝接见又有一定知名度的李季兰，便成为了新朝廷的首选“宣传员”。而李季兰不但为新朝廷写了诗文，并且与朱泚还有书信来往，当德宗皇帝收复朝廷后，为此事盛怒不已，斥责李季兰：“‘手持礼器空垂泪，心忆明君不敢言。’你难道就做不到严巨川这样的忠心吗？”

古稀之年的李季兰，没有半点辩驳的勇气和权利，被德宗皇帝以乱棍处决。

后有人在俄藏敦煌文书中发现了唐蔡省风《瑶池新咏》残卷，李季兰诗居首，其中有多篇佚诗，最重要的作品莫过于《陷贼后寄故夫》，她道："日日青山上，何曾见故夫。古诗浑漫语，教妾采蘼芜。鼙鼓喧城下，旌旗拂座隅。苍黄未得死，不是惜微躯。"此诗写于"泾师之乱"时，深陷长安的李季兰，一面遥望山那边，思念着"故夫"，一面又不得不苟活着，希冀着故人归来。从此诗看，说她与朱泚沆瀣一气，是有牵强的嫌疑，在被逼无奈写下"赞颂"之诗的可能性极大。

李季兰人生便会如此。才情越高，粉身碎骨的可能性就越大。她终究成为了政治的牺牲品，生命可悲可叹可怜！

柳如是：与伊深怜低语

小红楼上晓夜月，半野堂前伴春风，绛云楼外青山多妩媚。

料青山见我应如是，如是我闻。我闻室，一生一代一双人。

柳如是，“秦淮八艳”之首，誉为“女侠名姝”“文宗国士”，一位具有民族英雄气概的女诗人。

有人说她幸福，才学不输名士，胆识不逊男儿，气概不让须眉，琴棋书画样样精通，作诗赋词件件拿手。她炽热，亦清冽；她活泼，也娇媚；她柔美，更刚烈。有人说她更幸运，于红尘中遇到了爱与被爱，演绎过轰轰烈烈，感受过众星捧月，体会过真情温暖，而最终在缘分的冥冥牵引下寻到了生命的归宿。

她便是明末清初被称为“秦淮八艳”之首的女诗人柳如是。本名杨爱，后改名柳隐，因读宋代著名诗人辛弃疾《贺新郎》中“我见青山多妩媚，料青山见我应如是”甚是喜欢，故取字号如是。又被人尊称为“河东君”“蘼芜君”。

明崇祯十一年初冬，北方已是大雪皑皑，淹没了来路，也隐去了江南的暗香。这一年，东林党领袖钱谦益，因贿赂上司之事被揭穿，不但被朝廷免去了礼部侍郎之职，且受了廷杖之责，被迫返回原籍常熟，时年57岁。晚年遭逢事业挫败，晚节不保，对于这位久居高位、曾中探花的儒学大家来说，可谓是致命打击。钱谦益此时的心情，是“门外天涯迁客路，桥边风雪蹇驴情”的悲切切、意凄凄，是“几番江头问渡时，即今真个是归期”的无可奈何，还是“耦耕旧有高人约，带月相看并荷锄”的归隐向往呢?

或许每一种心情皆在其中吧，钱谦益复杂着，郁结着，逶迤着向南前行。这一天，他来到了美丽的天堂杭州，当他荡桨在春水涟涟的碧波中，眺望辽阔西湖的美景时，心情不由豁然开朗起来。兴致高涨，便寻到了杭州名妓草衣道人家，休憩喝茶聊天。但见院外桃色粉嫩，春色已然枝头俏，移步窗台处，一片潋滟扑簌簌地微风徐来，顿觉情绪大好，似有诗情随时迸发。低首时，一帧诗笺恰好映入眼帘，正是印了此景此时的情怀，捧起轻诵之:

垂杨小宛绣帘东，莺花残枝蝶趁风。
最是西泠寒食路，桃花得气美人中。

“好诗！”钱谦益眼前一亮，由衷地赞道。并连问：“这么清丽雅意的诗句，出自何人之手？”

草衣道人告知是柳如是，他本乃红尘中人，对于人情世故自是通透，连声道："要不，明日约上柳姑娘一同游湖？"本已激情澎湃的钱谦益自是求之不得，一扫往日心中阴霾，更加渴望目睹佳人风采。什么样的女子，能写出这样飘逸俊秀的字，能作出这般心醉动人的诗，他不觉憧憬起来。

西湖的初春，烟霞含露，杨柳吐翠，水湄微微，浩淼的湖面上，一只船儿随波逐流，慢慢飘向远方。船上，娇笑连连，诗音不断飞向天际，惹水鸟阵阵扑腾着。钱谦益望着眼前这位诗意盎然的才人儿，满是惊喜，更有宠溺。她虽身材娇小，却经纶满腹，每个话题，她都有精彩的另番演绎。俏皮可爱，活波大方，心性有别于其他红尘女子，难免让人心生怜悯，怦然心动。

悠悠的船儿载着悠悠的人儿，悠悠的人儿吟着悠悠的诗歌，一并斜阳西下，燕子来时，春暖花开。许多年以后，钱谦益依然记得，那位叫柳如是的小女子。只是这一隔，便是两年分别的光阴。

明崇祯十三年冬，钱谦益觉得比南归那年更为寒冷，"半野堂"前门庭冷落，风呼呼地凛冽着，天寒地冻。此刻，他呆在书房中正翻阅着书籍，忽闻仆人来禀告，有客人到访。

"什么人会挑这样的日子来作客呢？"钱谦益很是纳闷，他默念着拜帖名字"柳儒士"发愣，终究没有猜到是谁，料想是一位年轻后生慕名而来吧。便起身前往客厅，见一位公子哥儿打扮的男子早已客厅候着，身材特别娇小，再仔细一瞧，似乎没有男儿阳刚之气，甚是娇柔清丽。她皮肤白皙，流波婉转，嘴角微翘，眸眼含笑地正怔怔望向钱谦益。是哪儿见过呢？钱谦益觉得来人好面熟，亲切感油然而生，还没来得及反应，只听客人轻轻念道：

草衣家住断桥东，好句清如湖上风。
近日西泠夸柳隐，桃花得气美人中。

“呀！原来是……”钱谦益大为惊喜，除了感动朋友老远来看望自己，更为激动的是来人便是自己倾慕过的佳人柳如是。这两年的回乡颐养，钱谦益不但承受着罢官的郁结，更有门庭清冷的失落。最艰难的时候得见一位最想见到的人儿，她不畏寒冷，不畏路途遥远赶过来，钱谦益非常激动。彼此本是性情中人，相处一阵后，更觉对方难以忘怀，特别是钱谦益对柳如是动了真情，更显难分难舍。于是，他主动相邀如是在“半野堂”居住一阵，佳人欣然应允。

柳如是与钱谦益相遇时，正值妙龄花季，钱谦益则是暮年晚景，这样一对年龄不匹配的人儿，怎么会慢慢地走到一起呢？

其实，相对于钱谦益的丰富人生，年轻朝气的柳如是亦是经历过许多坎坷和磨难，早早地认清了社会，认清了人情世故，更加珍惜人生中的每一分真情实感。当有些爱情走了，有些人逝去后，才知道彼此相处的日子多么珍贵，只是再也找不到当初，找不到自己，找不到当初的那个人。

当初的那个人便是松江举人陈子龙，一位柳如是爱得愿意失去“自我”的男子。因为他，柳如是破了“从此不做人家妾室”的誓言，她愿意为子龙放低自己，做他的红颜知己，哪怕是小妾也不在意。只不过，这一个小小的愿望终究没有达成，不是子龙不肯，只因陈子龙母亲极力反对，而妻子誓死也不许如是踏进陈家。

他们在“小红楼”有一段甜蜜的日子，陈子龙道：“独起凭栏对晓风，满溪春水小桥东。始知昨夜红楼梦，身在桃花万树中。”一首《春日早起》概括了他与柳如是的缱绻春情，情浓意浓，万般美好。当清代大臣和珅将曹雪芹《石头记》改为《红楼梦》的时候，是不是正在轻轻地吟诵着此诗，是不是想起了柳如是与陈子龙的爱情故事呢？

人生不如意十之八九，所谓好梦难圆，好梦易碎，这些都是生活之常态，再正常不过。相爱却不能长相守，一个不让他为难，一个不让她委屈，如何来平衡这之间的罅隙，确实想不出一个两全其美的好办法，两人不得不忍痛割舍下这段情，柳如是《江城子·忆梦》中写道：

梦中本是伤心路。芙蓉泪，樱桃语。满帘花片，都受人心误。
遮莫今宵风雨话，要他来，来得麽。
安排无限销魂事。砑红笺，青绫被。留他无计，去便随他去。
算来还有许多时，人近也，愁回处。

深情是一剂最温情的“毒药”，伤心伤身，还伤人。陈子龙始终忘不了柳如是，柳如是何尝不是呢！他们的感情还没走出光明，“黑暗”却袭来。清兵攻陷南京后，陈子龙极力组织抗清活动，并奔波于武装组织中，不幸事败被逮捕，最终以英雄般的气概投水殉国了，其民族气节受人尊崇和敬仰。

从此，柳如是不但失去了一位亲密爱人，更失去了一位精神知己。在对待友谊和爱情上，柳如是是泾渭分明的，有着明显的界限区分，她可以女扮男装，与名人雅士一起畅游山水，论时政，聊文学，谈人生。但是，她却始终坚守着自己择偶的标准，唯有心灵相通者才可以走入她世界，才可有机会俘虏其芳心。

当人生经历了一段一段凄苦和狼狈后，心理上难免会产生“免疫”力，柳如是亦是。

没有人知道柳如是家住何处，家境如何，父母可曾疼爱过？只知道其幼年便卖与盛泽归家院名妓徐佛为养女，受徐佛悉心调教，传授技艺，后成为秦淮名妓。在14岁时，曾被中状元的周道登买入府中。起先作周府侍婢，很得老夫人的欢心，却惹了周道登的喜欢，强娶为妾。周道登毕竟是大才子，对小小年纪的柳如是不但宠爱有加，更是亲手教授诗文，也算是讨了柳如是的欢喜。可是好景不长，已然暮年的周道登照顾好了小妾，却冷落了其他妻妾。众女彪悍，欲将柳如是除之。最终，老夫人不得不将如是送回勾栏，任其自生自灭。这一场婚姻闹剧，对柳如是伤害很大，这是一段非常使人心悸的痛苦回忆，她不愿意做妾，正是缘于此吧。

后来，与钱谦益情意两相投后，钱谦益以正妻的礼仪迎娶柳如是，被传为一段才子才女佳偶天成的美谈。

钱谦益为柳如是修建了一座精巧的小楼，名曰“我闻室”，契合了柳如是的名字。他亲自提笔道：

清樽细雨不知愁，鹤引遥空凤下楼；
红烛恍如花月夜，绿窗还似木兰舟。
曲中杨柳齐舒眼，诗里芙蓉亦并头；
今夕梅魂共谁语？任他疏影蘸寒流。

他们青梅煮酒，红烛夜读，闲敲棋子，山水游走，惬意的人生，也莫过于此了。

他们踏遍江南水乡，来到当日相逢的西湖上，不由感慨万千。一位60岁的老人，与一位24岁的女子，一直相守相惜相依地走在一起，他们走着，快乐着，这不正是上苍赐予的真正圆满吗？

想着当初相遇的美好，他们决定在西湖边再筑爱巢，修建了一栋五楹二层的院子，名曰“绛云楼”，从此安居下来了，过着掬水挽月、赏花听风、吟诗酬唱的生活，不亦快哉！

这一切相知相爱，都在彼此的预料之中。但是，有些事却不是他们能把控的。

当崇祯皇帝自缢后，一些江南旧臣拥立新君，钱谦益经过多方活动，谋得了礼部尚书的头衔，虽为虚位，却挣来了不少荣光，这使他欢欣不已。不过，这个好梦随着清军的入关，慢慢被打碎了。明朝灭亡，摆在钱谦益面前三条路，逃命，抵抗，投降。

他该如何选择呢？犹豫不决时，柳如是替夫决断，愿意同丈夫投水殉国，以示忠贞。当夫妻俩来到西湖时，看着依旧涟漪荡漾的湖面，钱谦益退缩了，在柳如是的不断催促下，他犹豫不决。柳如是望着胆怯懦弱的丈夫，气上心头，不顾一切地准备殉国而去，却被钱谦益紧紧抱住，悲愤交加的如是看着如此丈夫，只能含泪作罢。

不曾想，更让柳如是不能接受的是，丈夫几日后剃掉了额发，脑后留了一条长长的辫子，与满人亦同，这表示他决心降清了。不但如此，而且钱谦益还答应北京做官任职，为清朝效力。

离别之日，也是西湖，也是一样的湖光山色，柳如是已然没有了当初的心情，而丈夫钱谦益却憧憬万分。到了京城后，朝廷给予钱谦益一个礼部侍郎的闲职，这让他大为窝火，柳如是知道丈夫心性，肯定受不了这个气，便不断地安慰和劝抚他。不久，钱谦益辞去官职，告老回乡。

夫妻俩重归于好，又开始了一段美好的生活，幸福的人只有一种状态，不幸福的人有百般的模样。柳如是和钱谦益的精神世界充盈了，他们还有了爱情的结晶。顺治五年，柳如是生下一位可爱的女孩儿，钱谦益老来得女，喜出望外。

正当一家人沉浸在幸福美满中时，一场意外的横祸等待着钱谦益。因钱谦益的学生黄某写诗讽刺朝廷，而作为老师的他亦受牵连，被羁押总督衙门大牢中，看来此次凶多吉少了。产后虚弱的柳如是不顾身体有恙，拼命上书总督府，要求替夫受刑，这样的举动感动了总督府官员，经多方查证后，并没发现钱谦益有犯上作乱的行为，便放了他。

柳如是与丈夫又度过了安稳太平的10年，直到钱谦益病逝，此时的柳如是正值中年。钱家众人为了争夺财产，一直与她纠缠不休，悲愤含泪之下，三尺白绫，柳如是结束了自己一生的风风雨雨，追随丈夫而去。是年女儿17岁，嫁给了无锡赵玉森编修之子，算是有了人生依靠，柳如是在九泉也可安慰了。

柳如是一生著述丰富，遗有《戊寅草》《湖上草》《尺牍》《东山酬和集》等。存世诗作约160首、词30首、赋3首、尺牍31通，可谓实至名归的大才女。而其更令人敬仰的是她坚定的爱国主义气节。

刘采春：摇橹始知难

此曲只应天上有，人间哪得几回闻。不道相思，只说离恨，水井处清音靡靡。

南北西东参军戏，人生如戏戏人生。已然相知，何故相恨，渡口秋雁声阵阵。

刘采春，唐代四大女诗人之一，被誉为唐代的“流行歌手”。

说刘采春，必说唐著名诗人元稹。

一出经久不衰的古典戏剧《西厢记》，让人轻易地记住了崔莺莺和张生，还有红娘等栩栩如生的人物，包括跌宕起伏的情节和佳偶天成的结局，更让人喜闻乐见，《西厢记》成为中国戏剧的经典曲目。这部戏剧的作者是元代著名杂剧作家王实甫，再究其更早出处，原型实则出自唐代著名诗人元稹编写的传奇《莺莺传》。故事人物也有迹可循，据说就是元稹本人的情感经历之一，只不过他自己对素材进行了加工，将本是心生惆怅的结果编撰成为了“有情人终成眷属”的圆满。

《莺莺传》讲述的这段情感是元稹的初恋，唯美而动人，但随着他迎娶了太子少保韦夏卿之女韦丛后，这段所谓青梅竹马的情感自然无疾而终，并不是戏中所描写的完美结局。元稹与韦丛婚后恩爱有加，韦丛早逝后，元稹怀念不已，作诗《离思》：“曾经沧海难为水，除却巫山不是云。取次花丛懒回顾，半缘修道半缘君。”这首著名的诗作流传至今，打动过无数人，让人心生喜欢和感动。

元稹的多情成就了他的爱情诗，也成就了许多值得品味的爱情故事。

新妆巧样画双蛾，谩里恒州透额罗。
正面偷匀光滑笏，缓行轻踏破纹波。
言辞雅措风流足，举止低回秀媚多。
更有恼人肠断处，选词能唱望夫歌。

《赠刘采春》，这是元稹赠给唐代女诗人、越州名妓刘采春的一首诗歌，诗作期间正是两人浓情蜜意时。

这古代文人风雅，喝酒作诗，骑射作诗，观景作诗，礼佛作诗，劳作作诗，诸如此类都可入诗来，谈恋爱更应作诗。元稹最爱作爱情诗，而且喜欢互动，与女主角常有唱酬。

元稹与刘采春相遇，是在越州的一场演出中。

刘采春本是伶工周季崇的妻子，与其夫兄周季南，这三人组成了一个戏班子，以戏剧谋生，常年四处走穴。他们擅长参军戏。这种参军戏是唐代盛行的一种滑稽戏，据说有点像现在的相声节目，起初是由两个人搭档，一人揶揄戏耍另一人，似一个逗哏，一个捧哏。再后来演变成多人一起合演，也有女子参与其中。刘采春跟随丈夫走南闯北参与文艺表演，正是夫唱妇随的最佳表现。

如果她没有遇上元稹，或许，这样的日子会日复一日、年复一年地反反复复，直至生命的尽头。可是，人生的际遇就是这般奇妙，有些人注定会遇见，有些人又注定必然分离。

这一年，元稹任越州刺史，周季崇带着家庭戏班子来到元稹的地盘上，开始了又一轮演出。这周家戏班享有盛名，他们的表演老百姓很是喜欢，官员士子也喜好，就连深闺中的女子也是喜爱的。据说，这与刘采春的才华分不开，除了参军戏的特长，她还擅长歌唱技艺，其作词、作曲、原唱一人包揽了，以现代人来赞誉，这就是集创作、制作、唱作一身的全能艺人，确实难得。那么，刘采春到底创作了什么样的作品，这么受欢迎？

全唐诗中共收录了她六首《曲》：

不喜秦淮水，生憎江上船。载儿夫婿去，经岁又经年。
借问东园柳，枯来得几年。自无枝叶分，莫恐太阳偏。
莫作商人妇，金钗当卜钱。朝朝江口望，错认几人船。
那年离别日，只道住桐庐。桐庐人不见，今得广州书。
昨日胜今日，今年老去年。黄河清有日，白发黑无缘。
昨日北风寒，牵船浦里安。潮来打缆断，摇橹始知难。

这首以商人妇为主角的诗歌，描写了一位妻子因丈夫外出经商，长年累月不归家，由此产生的尽显幽怨和迷茫的思念情绪。诗作采取白描的手法，直叙其事，直表其意，通俗易懂。人物形象真实传神。极富民间小曲的浓厚气息，哼唱琅琅上口，容易激发人参与其中，久而久之，“粉丝”越来越多，传唱越来越广。

当然，这些与刘采春出色的歌唱本领是分不开的，有人将她比作现代的邓丽君，就是基于受众的广泛性和大众的欢迎度。据说有华人的地方，就有邓丽君的歌声。刘采春生活的时代，没有轮船，没有汽车，也没有无线，单单是靠着人传人这样的口耳传递，已经声名远播。其作品被直接收录于《全唐诗》中，说明《曲》在当时多么受追捧，深入人心，极具流行。

他们来到越州，作为地方官的元稹，欣赏文艺表演是自然之事。

正是刘采春的这次表演，不经意俘获了元稹的心。她犹如天籁般的歌声，带给元稹无尽的美好想象，而其婀娜的翩翩舞姿更令元稹如痴如醉。一双眼眸含情，两叶眉黛如烟，声声莺啼，步步生情，一见倾心，再见更倾情，元稹和刘采春迅速坠入情网中。

元稹在前往蜀中巡视时，曾与大才女、被称为“女校书”的薛涛发生过一段缱绻缠绵的爱情故事。这些文学青年们谈情说爱很简单，赋诗一首，唱酬几下，答案就有了。

元稹的热烈追求，许多女子都为之动心过。而每一个女子都以为他会为自己守候一生。当然，刘采春也是这么觉得。

她想元稹一定会与她终身相守，共白头。一年过去了，两年过去了，很多年过去了，刘采春觉得幸福满满的，因为元稹还依然守护着她。他们琴瑟和鸣，恩爱缠绵，一对才子与佳人的爱情故事，被人赞誉传颂着。可是，就是这桩好姻缘，终究没逃脱“七年之痒”的考验，刘采春最终被元稹抛弃。她无法承受“爱情鸟飞走”后的落寞与伤悲，在一个漆黑的夜晚，以投河的决绝方式结束了自己的生命。

夜空中，依旧有些曲子久久徘徊：

> 昨日胜今日，今年老去年。黄河清有日，白发黑无缘。
> 昨日北风寒，牵船浦里安。潮来打缆断，摇橹始知难。
> 摇橹始知难。难啊！

刘采春的歌声，曾抚慰过许多女子的心灵，抚慰了那些被丈夫遗弃的妻子，抚慰了一颗颗孤独的灵魂，而最终她却无法安抚自己。斯人远去，可《曲》调仍然声声漫漫地回响着。

董小宛：幽窗独坐抚瑶琴

菩提无一物，青莲有花开。看花已是满眼泪，秦淮河畔。

尘世几重天，烟火半塘漫。春风拂过江南岸，天上人间。

董小宛，清代女诗人，“秦淮八艳”之一，中国古代十大名妓之一。

历史上清顺治皇帝的故事，被后来人演绎成了各种影视版本，但始终脱离不了一个主题，即这位帝王“不爱江山，只爱美人”。为了心仪的女子，可抛却荣华富贵和权力欲望。而关于这位女子是何人，有传说是江南名妓董小宛。

于是，关于董小宛是不是顺治帝宠爱的董鄂妃，顺治帝因何放弃皇位离开红尘，就成了人们好奇探究的热门话题。毕竟，正值韶年的顺治帝，在清朝开国之初，百废待兴时，为美人放弃如画江山，这样一意孤行的做法，难以让人理解和信服，成为清朝一桩悬案，随着那位叫“董鄂妃”的女子化为了历史谜团。

董小宛与顺治帝说不清的情感纠葛，毕竟没有正史予以明鉴，谬传居多，但她与江南才子冒辟疆的爱情故事，倒是有许多记载详述了始终。

说起董小宛与冒辟疆这对才子才女的结合，那还得感谢秦淮名妓柳如是，当然更该感谢柳如是的夫君钱谦益，是他替董小宛赎身的。个中因由，先得从董小宛的经历慢慢说起。

小宛名白，其名字取自母姓。据说，小宛的外公是一位老秀才，平生不得志，便将满腹才华传给了独生女。而这位才情非凡的白家女子嫁入董府后，与丈夫琴瑟和谐，恩爱有加，生下女儿小宛后，丈夫赐名女儿“白”，以示对妻子的深厚感情。后小宛因仰慕“诗仙”李太白，故号青莲，与李白别号“青莲居士”近似。

小宛出生于一个苏绣世家，传承到她这一代已有两百多年的历史，可谓“老字号”了，家中资产自然丰厚。作为独生女，她从小被父母捧为掌上明珠，过着优越的“公主”生活。这种温馨的家庭氛围，良好的经济状况，为董小宛创造了更优良的学习环境，在母亲的启蒙和引导下，董小宛工于琴棋书画，习读诗文歌赋，苦练针线女红，聪明伶俐的她领悟力极高，小小年纪就能诵会吟，能弹会画，父母更是珍爱，尽心地培养，希望女儿能成为才情兼备的知性女子，寻得一个好归宿。

看着小宛一天天成长，一天天出落得更加温婉动人，父母喜不胜喜。转眼小宛13岁了。也就是这一年，一场突如其来的打击将这个家庭推向了深渊。董父不小心染上暴痢，虽全力医治，却不见好转，不久，便撇下妻子和女儿，与世长辞了。这突如其来的变故，是母女俩全然没有想到的，一点没有心理准备。从此，家中失去了顶梁柱。董家从往日的热闹，一下跌入冰窖。

家族的产业，不能因为丈夫的去世而停下来。白氏无奈之下，将绣庄交给了董家店铺的老伙计来打理。而老宅因男主人的逝去，越发冷清起来。母女俩见物思人，睹物哀伤，白氏觉得这样下去很不利于女儿的成长，于是决定搬离旧居，在半塘河畔的山上重新修建了一栋小楼，母女俩开始了远离尘嚣的清静生活，一切安稳下来。

不久后，天下大乱，战争纷起，慢慢逼近苏州。为了逃避战火，白氏决定将绣庄暂时关掉，回笼资金以备不时之需。正是这次账目清理中，改变了母女俩的生活轨迹，该来的厄运说来就来了。绣庄的经营不但没有挣得银两，账目现银也所剩无几，还欠了外债一大堆。这可如何是好？白氏清楚，这一切极可能是老伙计搞的鬼，可柔弱的母女俩哪来证据揭露他啊！吃了大亏，却无法送官查办，白氏心中郁结，一下子病倒。

绣庄倒闭了，董家彻底坍塌，还背负巨额外债。白氏病重，担子压在了15岁的董小宛身上。这个从小生活优越，备受宠爱的孩子该怎么办呢？

叫天天不应，叫地地不灵，唯有靠自己。为了母亲，为了生活，小宛不得不放下所有的骄傲，在他人的引荐下，去往繁荣的南京，在秦淮河畔的画舫中开始了卖艺生涯。

人说三十年河东，三十年河西，一个家庭的兴旺和没落，只是在短短的几年而已。而小宛也从娇小姐沦落到艺妓。从此，秦淮河畔多了一位清丽绝色、才情非凡的青楼女子。

小宛的美好，吸引了无数青年才俊的眼球，但也招来了不少江湖浪子、公子哥儿。坠入红尘的她，只能笑着迎来送往，但心中自有傲骨，不屑于那些豪门子弟，对他们的作风作派颇为鄙夷。这样一来必会得罪一些人，给她的营生带来不必要的麻烦，老鸨也很不高兴。一气之下，小宛选择了回家休养。

本想好好陪着母亲，不想债主听说小宛回家，便追上门天天要债。迫于无奈，小宛再次踏入红尘，将自己卖入了半塘的青楼。

本想着就此一生，陪“客人”看看山，玩玩水，吟吟诗。不想，一个人的出现，点燃了董小宛对生活的憧憬和希望，小宛心中亮堂起来。

这个人就是才子冒辟疆。因为听朋友吴应箕、侯方域称道小宛的才色绝艺，趁着乡试的契机，时年29岁的才子冒辟疆来到了南京，准备造访董小宛，却不想扑了空，小宛因赌气离开了南京。乡试发榜之日，冒辟疆望着依旧落榜的告示，惆怅地离开了南京，他准备去往苏州，试试运气，看是否有缘遇上董小宛。但不凑巧，小宛又受钱谦益之邀去游太湖了。之后，他闲游苏州，只为等待能与小宛见上一面，造访几次不遇后，终于有一天等来了小宛归来的消息。

这是一个清风徐徐的深秋，小宛酒宴而归，正微醺斜依床头。见有客来，正欲起身，却听来人说不必多礼，并作了自我介绍。听闻是才子冒辟疆来访，小宛尤为高兴，细细打量起眼前人来。而与此同时，冒辟疆也悄悄地观察着，他见小宛一身素淡，性情温婉，谈吐大方，说话颇有见地，全无欢场女子的陋习，心中欢喜，渐起爱慕。但碍于小宛尚有酒意，不便久扰，冒辟疆坐了半小时便主动离开了。

公子远去，佳人目送着他的背影，心中有说不清道不明的情愫在慢慢涌动。

崇祯十五年春，小宛母亲不幸去世，她又受田弘遇抢的惊吓，一时重病缠身，许久闭门不出。当冒辟疆来到时，这位曾经与他快意谈论的女子，脸色苍白地躺在床上，憔悴至极。冒辟疆心疼不已，安慰小宛好生歇息，一直守她到深夜才放心离去。

次日，冒辟疆又来到小宛家，他远远地看见一位清丽出尘的女子立于风中，却是小宛早早地等候在那里。他们没有约定，却心有灵犀，冥冥中仿佛知道今日会有再次约见。这时的小宛病容全去，十分精神。她吩咐家人准备了酒菜，与冒辟疆畅饮起来。两人对酌，好不快哉！好像找到了分别已久的精神伴侣，彼此难分难舍，于是约好，等这次冒辟疆南京乡试后，便回来给小宛赎身，相伴回到冒辟疆的家。

但凡好事磨啊！这段姻缘并没像小宛向往的那样顺利发展。在后来的交往中，冒辟疆多次露出踌躇和犹豫。小宛心中有些着急了，她不能失去冒辟疆，不能失去仅有的机会。于是，只身上路，前往南京寻找冒辟疆，不料途中遇到盗匪，银两尽失，只好徒步几天几夜来到南京。当她出现在冒辟疆眼前时，一身泥土，满眼辛酸，让人心生怜惜，冒辟疆为她这样的执着所打动了，准备为小宛赎身。但小宛身为秦淮名妓，身价颇高，半塘的老鸨始终不放她。最后，还是柳如是说动了名望颇高的钱谦益为小宛赎身。目送着远去的好姐妹小宛，柳如是心中祈祷着："小宛，一定要幸福！"

来到冒家，小宛心里好生欢喜，终于有家了！即是做小妾，但是能与爱着的人在一起，便也是最美好的时光。

平时，小宛替体弱多病的冒辟疆正室秦氏主理家务，孝敬公婆，疼爱秦氏子女，对冒辟疆的好更是不用说，她全身心投入到这个家庭中。

冒辟疆著书立说，小宛替他查找资料，抄写书稿，归卷入档。

冒辟疆起居饮食，小宛从不假他人手，为他洗衣，为他斟茶，为他做最喜欢的饮食。

小宛将琐碎的日常家务打理得井井有条，与冒辟疆的生活浪漫缱绻，赋有情致。因冒辟疆喜爱甜食、海味和熏腊的食品，小宛特意为他制作美味可口、浓烈鲜味的食物。她采集新鲜的秋海棠露，在饮酒后，用白瓷杯盛出几十种花露来，一时暗香盈动，清幽徐来。品味几盅，消暑解渴，这种做法非常小资，董小宛很懂得如何生活。

小宛为这个家一直分担着责任，任劳任怨，觉得冒家人能过得好，她也是幸福的。

清军入关南下后，战火延绵到江南，冒辟疆举家外逃，他牵着母亲，搀扶妻子，小宛则一步一个趔趄地跟在他们后面，没有人照顾和关心，小宛却没有半分怨言，她甚至觉得丈夫这样做才是对的，才是孝道之人。这便是小宛的好，她通情达理，能站在不同的角度为他人着想。

再后来的一次逃难，冒辟疆打算将小宛留下，托付朋友照顾，这一举动遭到了母亲和妻子的反对，冒辟疆最后还是带了小宛上路。如果不是小宛无私地对冒家人好，这种绝境下，谁会替她说句公道话呢？

战后安稳下来的日子，冒辟疆生了两场大病。第一次，小宛不解衣衫，在炎热的夏天里，照顾冒辟疆整整两个月有余。第二次，冒辟疆染上了下痢兼虐疾，小宛一直悉心照顾他五个多月，不分昼夜地陪伴左右，使冒辟疆最终战胜了病魔。

就在照顾好冒辟疆后，小宛却病倒了。虽然冒家尽全力医治小宛，遍寻名医，但终究没能留住这位芳华正茂的美丽善良的女子。

顺治八年正月，一代名妓董小宛疲倦地闭上了双眼，时年28岁。一缕香魂，随风而逝。

某一年某一天的某个午后，有位女子静静地坐在窗下，她轻轻地念着："病眼看花愁思深，幽窗独坐抚瑶琴。黄鹂亦似知人意，柳外时时弄好音。"她此刻想着爱着的情郎，便是冒辟疆。毛泽东曾评价冒辟疆道:"所谓的明末四公子中，真正具有民族气节的要算冒辟疆。清兵入关后，他就隐逸山林，不事清朝，全节而终。"

冒辟疆是位好儿男，董小宛亦是一位具有民族气节的奇女子。

关盼盼：红袖香销一十年

长恨歌，霓裳舞，醉娇胜不得，忆当年为君翩然。

燕子楼，歌尘绝，香销一十年，怎奈人去心也空。

关盼盼，唐朝著名女诗人，一位为丈夫殉情的气节女子。

《红楼梦》中林黛玉作有一首《唐多令·咏柳》：“粉堕百花洲，香残燕子楼。一团团逐对成逑。漂泊亦如人命薄，空缱绻，说风流。草木也知愁，韶华竟白头！叹今生谁舍谁收？嫁与东风春不管，凭尔去，忍淹留。”诗话尽是凄凉，满目皆有悲伤，从“粉堕”“香残”“漂泊”“白头”“无人收”这些哀愁、孤独、幽怨的词语中，不难看出，林黛玉对自己的身世、现状、未来流露出一种无可奈何的情绪。她道西施曾游百花洲，关盼盼曾居燕子楼，她们有过多少欢乐惬意，有过多少良辰美景，但终究是昙花一现，落得犹如飘摇的柳絮居心无所属，这不是自己所担忧的吗？

其实，像百花洲、燕子楼这样有着历史典故的地方，多是文人墨客笔下的诗意载体，他们借景抒情，借古喻今，让那些历经传奇的地方更充满想象的空间，譬如大文学家苏轼对燕子楼就情有独钟，他道：

彭城夜宿燕子楼，梦盼盼，因作此词。

明月如霜，好风如水，清景无限。曲港跳鱼，圆荷泻露，寂寞无人见。紞如三鼓，铿然一叶，黯黯梦云惊断。夜茫茫，重寻无处，觉来小园行遍。

天涯倦客，山中归路，望断故园心眼。燕子楼空，佳人何在，空锁楼中燕。古今如梦，何曾梦觉，但有旧欢新怨。异时对，黄楼夜景，为余浩叹。

这首《永遇乐·彭城夜宿燕子楼》，是东坡先生留宿燕子楼时写下的。他夜游期间，睹物伤情，看着想着梦着，不由悲从中来：这里啊，曾经有一位风华绝代的女子，在故事中徘徊，徘徊。

现代人说起唐朝，脑海中会不由映出“诗歌”二字，会立即想起众多“诗人”们，有豪迈多情的男诗人，还有细腻温情的女才子。这些文艺青年之间很容易产生爱慕和景仰之情，甚至发展到相知相惜相守。而他们交流的形式无外乎诗歌唱酬。他们曾演绎的故事，相思离恨，段段精彩，个个传奇，引得千古热论。其中有这么一对男女诗人，留下了一段非关风月的公案，让后来人唏嘘不已。

这就是唐朝著名诗人白居易和关盼盼之间的纠葛故事。

关盼盼是徐州有名的歌舞伎，容貌出众，姿态婀娜，擅长音律，工于诗文。一支“霓裳羽衣舞”在当地久负盛名，赢得了许多公子哥儿的爱慕之情。不过，他们都没能打动关盼盼的心。幼时因出身贫寒被迫沦为官妓的关盼盼，虽然流落于烟花之地，却始终保持着一分诗人情怀。她生性单纯坦诚，谦和温婉，总是知书达理的娴静模样，自是不屑于这些浪荡公子。关盼盼越是自爱自重，越是衬托了她的美好高洁。她是难得的好女子。

这一年，关盼盼心里闯进了一个人，他叫张愔，时任徐州官员。

张愔第一次见到关盼盼时，就被她美的轻歌曼舞所迷醉。盼盼不但妩媚动人，更是才华出众。两人一见钟情。关盼盼说："天公本是多情子，为我殷勤兆瑞年。"张愔应她："劝卿暂忍怜花泪，自有风流泰运年。"

张愔本是武将，是唐朝著名大将张建封之子，父子俩皆能文能武。张愔不但有男儿的豪迈、将军的沉着稳重，更不乏文人的飘逸、士子的风雅。这样的男子出现，一下子抓住了盼盼的心，尽管此时两人年龄悬殊，但是并不影响盼盼对他的好感。更因他丰富的阅历、不凡的风采与精神，关盼盼更觉踏实。

于是他们开始了一段忘年恋。不久，通过张愔的努力，关盼盼脱掉了官妓的身份。张愔正式纳其为妾。虽然关盼盼只是张愔众多妻妾中的一个，但是，自从盼盼入张府后，得到张愔独宠，你赋诗来我歌咏，开始了令人羡慕的幸福生活。

关盼盼非常喜欢诗人白居易的《长恨歌》，张愔也很仰慕白居易的才情。有一年，白居易游历至徐州，张愔听说后，立即将他请进府中，好生宴请款待。张愔知道盼盼十分欣赏白居易，于是也叫上她随同出席宴会。

席间，盼盼频繁举杯，表达钦慕之情和地主之谊。酒到好处，张愔让关盼盼为白居易表演歌舞。“偶像”在场，为其飘然而舞，盼盼自是不推让，更加完美地完成了《长恨歌》和“霓裳羽衣舞”的表演。这场精彩绝伦的歌舞秀，惊得白居易当即赋诗道：“醉娇胜不得，风袅牡丹花。”关盼盼的美艳动人，在酒后更加光彩撩人，唯有牡丹花能与之媲美。白居易情不自禁地将盼盼喻为牡丹花，可见其魅力难挡。

自此后，关盼盼声名更加远播，张愔最喜欢将她带在身边参与各种应酬。盼盼虽不大愿意，但是基于张愔对自己的好，也认真地参加每一次活动，展示出守帅夫人的风采和气质。快乐地周旋，让张愔度过了最幸福绚烂的暮年时光，而安稳缱绻的日子，也正是关盼盼所企盼的。因此，两人沉浸其中，十分惬意。这种夫妻恩爱和谐的情形直到张愔病逝。

“树倒猢狲散！”张府此刻真应了这句话。张愔离世后，众妻妾随之各自散去，各寻出路和依靠，这个曾经热闹非凡的张府瞬息沉寂下来。关盼盼带着张府一位老仆，回到了与张愔曾经长相厮守过的“燕子楼”，准备在此了却余生。

这燕子楼，据说是燕子们“谈情说爱”“结婚生子”的“别墅小院”。每逢春暖花开，燕子归来，衔草筑窝，来来往往，好不热闹。张愔宠爱关盼盼，当时在徐州城郊云龙山麓一个山清水秀的地方建造了这座小楼，两人在这里吟诗作赋，弹琴歌舞，笑迎朝晖，颔首日暮，俨然是“不羡鸳鸯不羡仙”的神仙眷侣。张愔对关盼盼特别疼爱，给予她生活中最好的吃穿住行。而盼盼则以最温柔最娴静的美好呈现与丈夫。张愔过世后，关盼盼选择了为丈夫一辈子守孝也在情理之中。

燕子楼，从此不再孤单，而形单影只的唯有摇曳的烛火，以及烛火拉长的影子。

关盼盼静静地伴随着时光老去，伴随着年轮轱辘辘向前，伴随着燕子去又来的反复。十年光阴，不知是日子苍老了关盼盼，还是关盼盼皱褶了时光，总之，盼盼已经不是当初那位美貌如花、神采飞扬的女子，丈夫离去后，她展颜为谁看呢？

元和十四年的一天，张愔的老部下、司勋员外郎张仲素准备去拜访白居易，而他得知关盼盼对白居易很是钦慕，有过一面之缘，且听说白居易在宴席上曾作诗赠与关盼盼。想着张愔去世后，守节的关盼盼应该会想念昔日的朋友，于是，先赴“燕子楼”看望了关盼盼，并将其所作诗三首带给了白居易，请其阅赏。

白居易打开书笺，一行行诗文铺展而来：

其一：

楼上残灯伴晓霜，独眠人起合欢床。
相思一夜情多少，地角天涯未是长！

其二：

北邙松柏锁愁烟，燕子楼中思悄然。
自理剑履歌尘散，红袖香销一十年。

其三：

适看鸿雁洛阳回，又睹玄禽逼社来。
瑶瑟玉箫无意绪，任从蛛网任从灰。

关盼盼所作《燕子楼新咏》，无疑是令人心动和心酸的，十年如一地想念一个人，十年如一日地重复着日子，这么简单的坚持，其实最难做到，而盼盼为丈夫做到了。她守住了孤独，守住了清寒，守住了寂寞，守住了初心，也守住了一往情深和情深义重，试问世间女子，有多少人能做到呢？

白居易读到此诗后，深深地被感动了，他敬佩关盼盼这样的女子，更羡慕张愔“好福气”，有这等知己能终身为其守候，在九泉之下，他也该瞑目了吧。但转念一想，何不将此事更完美地勾勒一笔呢！于是，他即刻提笔道：

其一：

满窗明月满帘霜，被冷灯残拂卧床。
燕子楼中寒月夜，秋来只为一人长。

其二：

钿晕罗衫色似烟，几回欲著即潸然。

自从不舞《霓裳曲》，叠在空箱十一年。

其三：

今春有客洛阳回，曾到尚书墓上来。
见说白杨堪作柱，争教红粉不成灰。

写完后白居易再念念完成的诗句，总觉得还不够清晰明了，于是再挥笔写道：

黄金不惜买娥眉，拣得如花四五枚。
歌舞教成心力尽，一朝身去不相随。

搁下笔，慢慢品读，觉得自己已经表达准确了。便封好交与张仲素带回给关盼盼。

这是一个清冷的夜晚，四野寂静，时光寂静，烛光寂静，唯有铜镜前的诗行一字一句地跳跃着，挑衅似的，关盼盼一遍遍地读着友人书信，悲伤不已。为何白居易不懂她，为何自己的守节被看作是虚情假意？关盼盼不明白，她真的无法明白白居易对她的无端指责。

得不到朋友关怀的关盼盼绝望了，她含着泪对张仲素说："自从张公离世，妾并非没想过一死随之，又恐若干年之后，人们议论我夫重色，竟让爱妾殉身，岂不玷污了我夫的清名，因而为妾含恨偷生至今！"不明所以的张仲素不知出了什么状况，连忙关心，才知白居易“落井下石”了，自己的好心变成了坏事，他不知道如何回复关盼盼，只能不断地劝慰，希望盼盼不要介意。却听盼盼泣泪念道：

自守空楼敛恨眉，形同春后牡丹枝；
舍人不会人深意，讶道泉台不相随。

当时盼盼一曲歌舞，宛如牡丹花开，白居易题诗赞美佳人，此时已然牡丹花落，白居易成了这“摧花”烈风。

张仲素离开燕子楼后，关盼盼将自己关在燕子楼中，绝食不出，直至生命停止呼吸。她临终前曾言道：“儿童不识冲天物，漫把青泥汗雪毫。”

关盼盼迎着春日的夕晖，迎着那熟悉的声音，迎着燕儿的归来，飞身追逐而去！

严蕊：莫问奴归处

曾记白白红红，付与东风，梨花杏花不是，是姹紫嫣红。

却道花开花落，始终有时，去也不去如是，是奴梦归处。

严蕊，南宋一位肝胆侠义的女词人。

历史有一桩著名的七步成诗故事，不但救了作者性命，更让其才华光华四射，成为诗坛传奇，受世人追捧和颂扬。这便是魏晋曹植所作《七步诗》，诗道：

煮豆燃豆萁，豆在釜中泣。
本是同根生，相煎何太急？

因为曹操生前喜爱曹植，几次欲立其为世子，后终由曹丕继承大业。为此，作为兄长的曹丕始终对弟弟不放心，在一次冲突中有意加害曹植，命其七步成诗，如若不然，以阴谋叛乱定罪。这就是七步诗的来龙去脉。

说到诗歌能救人性命，历史上不仅这一桩。南宋时颇有争议的一件案子，与《七步诗》的成因有一定相似之处，主角乃一位才华横溢的女子。

她便是南宋中叶女诗人严蕊，一阕《卜算子·不是爱风尘》，不但打动了岳飞的后人岳霖，更打动了无数后来人。词道：

不是爱风尘，似被前缘误。花落花开自有时，总赖东君主。
去也终须去，住也如何住！若得山花插满头，莫问奴归处。

严蕊这首词，其实与曹植的《七步诗》一样，皆为情急之下的保命诗作，只不过有人说曹丕逼曹植作诗，是有意为弟弟开“绿灯”，他明明知道曹植的才思能应对自如。而岳霖给严蕊的命题作文，出发点也是如此，无非是想放严蕊一条生路。这是怎么一回事呢？说来，这事还真有点复杂，得先从南宋另一桩公案说起。

这桩案子涉及者很是出名，一位是南宋著名理学家、思想家、诗人，世尊称为朱子的朱熹，一位是曾任台州知府，著有《六经解》《帝王经世图谱》《说斋文集》等著作的唐仲友。鼎鼎有名的儒学大师和堂堂正正的朝廷官员，他们之间的战争，为什么还牵连了台州官妓、女诗人严蕊呢？

按理说男人的战争得让女人走开，朱熹与唐仲友之间的恩怨情仇，他们争论也好，弹劾也好，大打出手也好，都不必扯上女子。但恰好，大儒朱熹就真干了这样的事，不但推波助澜，还半步不让。于是有人就猜测，三人之间是不是演绎过爱恨情仇?

不过确有些“绯闻”流传着。据说朱熹和唐仲友都是美丽女诗人严蕊的“粉丝”，对她都很是爱慕！严蕊虽身为官妓，却满腹才华，聪慧敏捷，自幼习乐礼诗书，学识博古通今，晓音律，善歌舞，精棋艺，会诗书，吸引了不少才子士子的倾慕。其中，唐仲友算是严蕊的密友，他们交往频繁，严府中如有宴请，定会邀请严蕊来歌舞助兴、诗词添意。

一次，正值唐仲友欢宴尽兴时，他见窗外桃花盛开，白的、粉的、紫的，好一派春意盎然，不由兴致大发，当着众多客人的面，以“红白桃花”为题，让严蕊现场填词。只见严蕊略思片刻便挥书道：“道是梨花不是，道是杏花不是，白白与红红，别是东风情味，曾记，曾记，人在武陵微醉。”仆人递上书笺，唐仲友展开细品，稍许，就听他连道几声：“好！好！”赶快吩咐众人传阅之。观后者无不拍案叫绝：“此乃真才女啊！”寸步不移，便能成诗，且诗作清新雅逸，别有韵味。严蕊不但才情了得，思维更是敏捷，唐仲友非常欣赏，赠予两匹绢帛以示激赏。

此后，严蕊更是名声在外，她与唐仲友的互动越发频繁，这些往来举动，皆落入了有心人眼中，譬如朱熹就似乎在留意着。

有人猜测，说圣人朱熹与唐仲友之间的“情敌”关系，直接导致了他们的激烈战斗。而挑起是非者便是朱熹，他最先拔剑而起。当然，朱熹要下手肯定是有备而来的。

正值唐仲友荣升江西提点刑狱之时，朱熹以巡按身份赴浙东检查灾后工作，他来到了唐仲友地盘上，收集了许多不利于唐仲友的恶行，在三个月内连上六道折子，状告唐仲友不但不作为，而且在当地“恶贯满盈”，状纸写道：“促限催税，违法扰民，贪污淫虐，蓄养亡命。”这么密集的告状，朱熹似乎有些心切了，唐仲友真的十恶不赦，需要马上处置吗？

朱熹想拿下唐仲友，其决心异常坚定。而唐仲友又该如何回应，到底他有什么把柄让朱熹抓住呢？

也有人说唐仲友在台州打击恶势力，非常有政绩，得罪了一些“涉恶”团伙。另有迹象表明，唐仲友反对朱熹的儒学道学理论，或许才是真正的导火线吧。

在唐仲友和朱熹生活的南宋时代，唐仲友的名号并不亚于朱熹。唐仲友是绍兴年间进士，父亲唐尧封，亦是南宋绍兴二年进士，曾官殿中侍御史。唐仲友著书立学，成就非凡，在当时很有影响力。因此，他与朱熹之间极有可能发生学术上的争执。而唐仲友与严蕊一直密切交往，其关系正好成为朱熹打开打击唐仲友的最佳缺口。因为宋朝有法律规定，凡官府举办酒宴，可以召官妓歌舞，但不得留宿夜寝，违者律处。朱熹抓住这个线索，立即命人批捕了严蕊，想在其口中得到关键证词。可怜严蕊，一不小心就被牵扯进了政治漩涡。朱熹竟然想从严蕊身上撕开口子，这是谁也没料想到的。迫使严蕊承认她与唐仲友有私情，这样唐仲友便永无翻身机会了。

可是，就是这么一位弱女子，不管官府用如何的手段严刑逼供，她都不肯屈打成招，坚定道：“身为贱妓，纵合与太守有滥，科亦不至死；然是非真伪，岂可妄言以污士大夫，虽死不可诬也。”

与此同时，唐仲友也不断上书陈述自己的冤屈，更有朝中大臣相助于他，向皇帝禀告唐仲友是无辜的。此案件错综复杂，久久无法定论，最后宋孝宗让宰相王淮从中作调停，以“秀才争闲气”将朱熹改任他处，将唐仲友官职撤去，派往阳武夷山冲道观主管修建，此事才算告一段落。

他们之间的恩怨暂时了了，但是，狱中还在受苦的严蕊谁去拯救呢？

有明白事理的人来了。朱熹调任后，由岳飞的儿子岳霖接任其工作。岳霖知这桩案子多有蹊跷，从朱熹和唐仲友被朝廷发落的最终结果看，严蕊是受冤枉的。该如何处理这事呢？岳霖见严蕊处境凄惨，十分怜悯，想尽快放了她。于是便对严蕊道：“你若能将冤情即刻以词申诉，我当请求判你从良。”其实，岳霖知晓严蕊才情，即兴赋诗正是她的强项，打出这个幌子，正好是想找个理由放出严蕊。

只见严蕊悲喜交加，轻轻吟诵道：“不是爱风尘，似被前缘误。花落花开自有时，总赖东君主……若得山花插满头，莫问奴归处。”我入风尘，本不是自愿，皆因天注定啊！现如今的去留，全凭大人（岳霖）一句话。如果我真重获自由了，不管去向何方，都会很幸福的！严蕊的娓娓倾诉，深深地打动了岳霖，当即放了严蕊，并为其脱去官妓身份。从此，严蕊获得了自由身，她可以“山花插满头”了。

本为风尘误，却是傲骨身，深陷泥潭中尽显大义凛然，严蕊品格令人钦佩。

马湘兰：莫教春色有差迟

恋上一个人，爱上一座城，谁在城里坚守旗帜？谁又长亭外望穿秋水？

恋上一段情，爱上你的味，今是朝夕明又晨暮，多情亦被无情伤。

马湘兰，明末清初著名女诗人，擅画兰竹，“秦淮八艳”之一。

苏青是三四十年代与张爱玲齐名的民国才女，两人被誉为“上海双壁”，张爱玲说苏青像只“小火炉”，暖人暖心暖情，人人都喜欢依偎她，却极少有人愿意为她驻足停留。因此，苏青的一生，有人给予了“谋生亦谋爱”这最为贴切的评价。或许，这就是特殊时代背景下，女性的生存状况的无奈吧？

历史上的才女，情路多坎坷波折，似乎成了一种“魔咒”，谁也解不开这个结。说起“谋生亦谋爱”的典型，古代女诗人中便有不少，譬如“女校书”薛涛，秦淮名妓柳如是，“美食家”董小宛等，亦是如此。如果说个中典范，还有一位女诗人，也能纳入其中，这人便是明末清初的秦淮名妓马湘兰。

马湘兰原名守贞，字玄儿、月娇，因家中排行老四，人称四娘。湘兰的得名源自她擅长画兰竹，于是自喻为“湘兰”。

马湘兰生于金陵，幼年时不幸沦落风尘，从小习书画，读诗文，秀歌舞，成就非凡，且能自编自导自演戏剧，并乐意传与她人，因此备受同行尊重和爱护。

都说“秦淮八艳”个个才情了得，人人美艳如花，这定论总体上来看确也如此。但是，相对于其他七位女子，马湘兰的姿色算是平平的，这秦淮河畔，向来都是佳人如云、美女如织，马湘兰是靠什么技艺晋级“秦淮八艳”的呢？

对于“美人”的定位，古今往来，有几个标准是可以作基本参考的：容貌、姿态、肤色、谈吐、气质，将这五项作综合素质评判，或许，这样优选出来的“绝色佳人”就是人们心目中的“美人”了。

马湘兰是美人吗？答案是肯定的。

有人将马湘兰作了一番描摹，说她柳眉细目，肤色凝脂，身姿如风拂的初荷摇曳婀娜，步步生情，处处留意。湘兰擅长交际，谈吐优雅，音若莺啼，神态娇媚，时能旁征博引，每每引人入胜。既有小女人的依依动人，又有大才女的翩翩诗情，令人向往。与之交往谈论，总是精神愉悦，因此，马湘兰吸引了不少江南名士登门造访，他们谈天说地，纵古论今，门庭若市，筑成了秦淮河畔一道美丽的风景线。

由于结交的雅士名人多富足显贵，出手阔绰，因此，湘兰蓄积了不少家资。有了财务实力后，她却不做储备之资以防意外，而是寻了秦淮河畔一块好地，盖了一幢小楼，砌了假山小池，铺了青石幽径，通向庭院深深中。院内遍种兰草，幽香四溢，廊桥曲折延展各处，阁楼其间，灯火多情，这里不是仙境更胜仙境。湘兰赐名曰：“幽兰馆”，正好应景儿。

马湘兰懂生活情趣，也会为人处世，还颇有侠胆义肝之风。

作为青楼女子，她本可“两耳不闻窗外事”，将自己照顾好即可。可是，马湘兰却与普通女子不同，她为人豁达开朗，仗义爽利，好交朋友。她对一些觉得应该帮助的人也出手豪爽。“钱财如浮云”罢了，这是马湘兰的钱财观。

她左手接济无钱应试的书生和横遭变故的商人，右手周济附近的老弱病残和孤寡贫困，日子过得多姿多彩。这种风光无限，正好填充了心中的罅隙，可以暂时忘却身份的苦恼。其实，在每个夜深人静的时候，湘兰都无法入睡，幽幽的晚风徐来，阵阵清凉，似要击穿她单薄的憧憬，这夜的孤独寂寞谁知晓？

独上楼台，望穿阑干，对面斜阳落花残，暮春红雨寂寥深。她道：“阵阵残花红作雨，人在高楼，绿水斜阳暮，新燕营巢导旧垒，湘烟剪破来时路，肠断萧郎纸上句！三月莺花，撩乱无心绪，默默此情谁共语？暗香飘向罗裙去！”谁能懂这轻寒生的心绪，谁能懂这繁闹后的空芜，谁能懂落红碾作泥时的悲伤，到底会去向何方，而未来又在何处？其实，这是每位青楼女子面对自己的拷问。拥有一个安宁、稳定、幸福的家，才是她们真正的企盼啊！

年年岁岁重复，日子慢慢成长，马湘兰已经24岁了。就是这一年，她遇见了一个人，由此改变了一生。

这人叫王稚登，长洲秀才，一位落魄的才子。据传此人四岁能作对，六岁善写擘窠大字，十岁能吟诗作赋，成年后更是才华横溢。曾游仕京师，成为大学士袁炜的宾客，后来袁炜得罪了宰辅徐阶，受到牵扯，未能得到朝廷重用。心灰意冷下，落寞返回故乡江南，从此流连于酒楼花巷中，过着今朝有酒今朝醉的放浪日子。

一次，王稚登偶然来到“幽兰馆”，与马湘兰把酒言欢，本是才子才女的相聚，自然话题颇多。两人越说越投机，相见恨晚。还好，此后可以随时来，马湘兰的小院随时都为王稚登开放。经过一段相处后，马湘兰动情了，暗暗地爱上了这位虽潦倒却满腹经纶的男子。默默地关注他，想念他，照顾他。

湘兰擅歌舞，晓音律，诗文颇佳，更有出色画技，尤其钟爱兰草。

王稚登常来幽兰馆，久了自是知晓马湘兰画得一手好兰，于是，便有心求画。君有此意，湘兰欢心允诺。当即铺展宣纸，碾磨提笔，她挑了最拿手的一叶兰。这种兰图，乃马湘兰独创技法，仅有一叶斜依，衬托兰花一朵出岫，寥寥几笔，简单勾勒，却是心中早已运筹帷幄，将兰的空、幽、静、清、寂气韵不知不觉地展颜出来。笔法绝妙，构思灵巧，写意轻盈，典型的中国古典式画法，古香古韵古意萦绕。犹如佳人美眸流盼，将心事托付于幽兰香。谁能不心动呢？

马湘兰在画面上题道：

一叶幽兰一箭花，孤单谁惜在天涯？
自从写入银笺里，不怕风寒雨又斜。

湘兰犹觉不尽兴，不能充分地将心绪表达完全，于是再挥笔画了一幅“断崖倒垂兰”，她又题诗道：

绝壁悬崖喷异香，垂液空惹路人忙。
若非位置高千仞，难免朱门伴晚妆。

见画面，吟诗意，王稚登此刻醉了，他没想到马湘兰的绘画会如此了得。此刻，这株微微颔首的兰芽，正娇艳欲滴，吐露芬芳，静静地等待着有心人观赏驻足。王稚登心中温暖起来，他知道马湘兰有意于他。只是，他不能给她任何承诺，面对前途渺茫、仕途未卜的境况，轻易许诺绝不是好事。不过，这样也让他有了前进的动力，对未来产生了美好憧憬。因为懂得，所以暂时放手。王稚登想“春风得意马蹄声”时迎娶湘兰，或许那时才是水到渠成吧。

王稚登轻轻地合上画卷，连声道谢。湘兰见此，只觉得王稚登对她无更多情谊，于是也佯装不懂。之后她再也没有诸如此类的暗示行为，两人依然如挚友般交往，却也相守了一段美丽的时光。

一次机会，让王稚登见到了仕途曙光。大学士赵志皋举荐他参加编修国史工作，这意外的好事临门，让颓废的王稚登振作起来，他收拾好行囊，准备再次北上打拼事业。他想，如若一切好起来，他便携手湘兰一同赴京城，共享未来的生活。此刻的马湘兰心情十分复杂，她既为王稚登的出仕感到高兴，又为他的即将离去悲伤不已。离别的笙箫，阵阵地催人，幽怨而苍凉，他会回来吗？

尽管王稚登话中有暗示他将来会与她共相守，但之前的试探让湘兰懂得了保护自己，她暗作不懂，其实心中已开始企盼，希冀的种子在离去的背影中悄悄发芽。一首《仲春道中送别》，便是湘兰全部的心事：

酒香衣袂许追随，何事东风送客悲？
溪路飞花偏细细，津亭垂柳故依依；
征帆俱与行人远，失侣心随落日迟；
满目流光君自归，莫教春色有差迟。

目送，是人间最落寞的凄凉，马湘兰知道，她的心儿早随着他远去。

人世间无法预料的便是未来事。许多事不遂人愿。

本以为会施展抱负的王稚登进京并没得到重用，他受到了宰辅徐阶手下的文人排挤，只能在编史工作中打杂，一直忍气吞声地消磨日子。勉强维持到岁末，觉得确是无任何前途可言，于是索性辞去事务，重归故里。两次官场的落败，让王稚登无法正面应对马湘兰，回到江南后，他悄悄地将家搬到了姑苏，绝了马湘兰对他的念头。

王稚登是懦弱的，如果真的愿意与马湘兰相守到白头，马湘兰会在意他的官场失败吗？

遇见时，王稚登就是失意人，马湘兰一直看得清，她在乎的是他们之间精神的契合，但王稚登却不能懂得，他草草地定论了他们之间的未来——不可能！

女人的青春，是消耗不起的，女人的苍老说来就来了。曾经离别中的思念，都化作了此刻相见的为难。那首《秋闺曲》似乎依旧在耳畔轻声地微叹：

芙蓉露冷月微微，小陪风清鸿雁飞；
闻道玉门千万里，秋深何处寄寒衣。

你若不来，那我去见你吧，你若不想，那由我思念你好了。

马湘兰依旧执着于自己的爱恋，但是她知道，他们已经不太可能，她选择了以朋友的方式安慰王稚登。每隔一段时间，她必上姑苏小住几日，与王稚登畅想心曲，彼此又似回到了当初相见时。只是，他们再也没有谁提及婚嫁之事。似水流年，彼此都老去了，但是一首《鹊桥仙》，几许相知相惜相携：

深院飘梧，高楼挂月，漫道双星践约，人间离合意难期。空对景，静占灵鹊，还想停梭，此时相晤，可把别想诉却，瑶阶独立目微吟，睹瘦影凉风吹着。

那株深谷中的幽兰，默默地盛开，幽幽地颌首，只待有缘人遇见。

风雨几十年，守候几十年，心有戚戚然，也要为他再绚烂一次。

王稚登七十寿诞那天，马湘兰抱病赶到姑苏，为他举办了一场隆重的祝寿宴会。她在近花甲年纪，重新亮嗓歌唱，为情郎再谱一曲，便成全了今生的夙愿。

后来王稚登老泪纵横地描述道：“四座填满，歌舞达旦。残脂剩粉，香溢锦帆，自夫差以来所未有。吴儿啧啧夸盛事，倾动一时。”其实，此时马湘兰已病入膏肓，她拖着羸弱的身子，在姑苏盘桓两个月后，心力交瘁地返回金陵。

那一天，她坐在“幽兰馆”中，闻着兰草的芬芳，慢慢沉睡去，她梦见王稚登从姑苏来，还是当年的模样，对她笑着，念着。

五十七年的风雨，刹那，永恒！

还有那些兰草悠悠，在某个人家，某个博物馆中静静盛放。有的甚至漂洋过海去了。

“空谷幽兰独自香，任凭蝶妒与蜂狂。”马湘兰，山谷中最优雅的那株兰草。

第四篇

记取诗魂是此花

她们或来自商贾人家，或小吏门户，或普通平民。

她们是一群接近大自然，行走山野间，驻守集市里的小女子。

她们不管天高地厚，不管潮汐涨落，不管四季交替，始终在万物生命中保持着一颗不变的纯净心、朴素心。

简单的生活，赋予了她们生活的简单。即使梦不能圆满，心无法安顿，一切都在未知中，她们也可坦然面对，或积极争取，或奋力改变。每一种人生路径的选择，她们都能甘愿承受、勇于担当。

她们的梦，她们的想，她们的爱，她们的愿或不愿，喜怒哀乐，幽怨离愁，酸甜苦辣，一并挥书在一页页素笺中。

劳作时一路歌来一路咏，她是农民诗人贺双卿；梦境中一步一景一诗，她是心有幻梦的诗人金纤纤；临危即兴“救命诗”，她是巾帼女诗人郭真顺；爱情路上且歌且吟，她是四川女诗人卓文君。

文海中拾贝，她们是散落的明珠一颗颗，在苍茫四野中若隐若现，有人记得，有人遗忘，有人从来也不认得她们。

可是，在历史的长河中，在文学的扉页里，在诗歌的丰碑上，终有她们的一席之地，这群淳朴的女诗人，她们来自四面八方、五湖四海。

她们说着不同的乡音，讲述不同的故事，表达不同的心情，却写着一样美丽的诗篇。

瑰丽的色彩，清澈的诗意，美好的向往，随着洪荒滚滚而来。

卓文君：白首不相离

绿绮问情，知君情意。当垆卖酒，荣辱与共。愿得一人心，白首不相离。

《怨郎诗》《诀别书》《白头吟》。只因绝情"一二三四五六七八九十百千万"书无意！

爱情除了坚守，更需勇于争取！

卓文君，古代四大才女，巴蜀四大才女，为爱出走的女诗人。

一部热播的电视连续剧《风中奇缘》，吸引了不少观众的眼球，除了感动于剧情外，更多人记住了剧中不时应景而起的歌曲："皑如山间雪，皎若云中月。闻君有两意，故来相决绝。今日斗酒会，明旦沟水头，躞蹀御沟止，沟水东西流。凄凄重凄凄，嫁娶不须啼，愿得一心人，白首不相离……"每到伤心处，这样的音乐便会徐徐响起来，情绪忧伤，气氛萧瑟，难免让人产生悲切、低沉的共鸣。此诗名曰《白头吟》，乃西汉著名女诗人卓文君写给丈夫司马相如的诗作。

凄美、幽远、婉转、缠绵、坚定，诗中有太多的心绪在倾吐，在表达，在倾诉——即使君有两意，可我此心不改，矢志不渝。卓文君与司马相如的故事，已然成为历史上最经典的情爱范本之一，代代传颂，人人共勉。

这是一桩怎样的汉代爱情故事，让人们记住了卓文君和司马相如，以及他们非凡的才情和出色的成就？

西汉有一个著名的典故叫“长门买赋”，历代诗人文人多有诗词写意此事。李白道：“闻道阿娇失恩宠，千金买赋要君王。”“但愿君恩顾妾深，岂惜黄金买词赋。”元好问曰：“长门谁买相如赋，祖道虚传王鬼文。”李商隐说：“相如解作长门赋，却用文君取酒金。”辛弃疾说：“千金纵买相如赋，脉脉此情谁诉。”“长门买赋”何以受到众多诗人的关注和吟咏？其实，故事本身很简单，就是陈皇后“阿娇”以百金之丰邀请司马相如为其作赋，所作赋感人肺腑，最终打动了汉武帝，使阿娇重获帝王的亲幸。

仅凭一首赋改变帝王心，司马相如办到了。当然，这首赋并不是司马相如的成名作品，让他得到帝王赏识的乃是《子虚赋》和《上林赋》两篇。

司马相如是巴郡安汉（今四川省南充市蓬安县）人，少年时喜欢读书练剑，二十多岁时以訾（钱财）为郎，做了汉景帝的武骑常侍。相如好辞赋，志向亦于此。梁孝王刘武门下有邹阳、枚乘、庄忌等诸多辞赋大家，司马相如不得志。为此，他称病离职，前往梁地谋求学问。也就在梁地期间，他写下了著名的《子虚赋》，受到热捧。不过，相如时运不佳，不久梁王去世，门客皆散，无奈之下，司马相如只得打道回府，在成都定居下来。后又因生活拮据，他不得不投靠在临邛任县令的挚友王吉，只因当年王吉说过："长卿，你长期离乡在外，求官任职，不顺心时可以来我这里看看。"

转山转水转到一起，转到了相遇缘分，这就是佛说的姻缘天注定吧。一段轰轰烈烈的爱情故事由此拉开了序幕。

临邛虽不大，却藏龙卧虎，这里有一户卓姓人家，据说不但是当地的首富，也是巴郡内数一数二的富商了。据闻卓家仅家仆就有800人。卓家原籍邯郸，冶铁世家，以冶铁致富，秦始皇灭赵统一之际，强迫赵国富商迁移到川陕等地，于是卓氏被迫迁至四川临邛。后经几代人努力，传到如今的当家人卓王孙时，羽翼更加丰满。这卓家注重凝聚财富，也重视子女培养。其中一女名曰卓文君，据说才情并茂，在当地有相当的知名度，只不过婚姻很不幸，新婚不久丈夫便病逝，于是返回卓家生活。直到这一年，她在宴会上聆听到了一曲《凤求凰》后，其人生轨迹发生了天翻地覆的改变。

凤兮凤兮归故乡，遨游四海求其凰。
时未遇兮无所将，何悟今兮升斯堂！
有艳淑女在闺房，室迩人遐毒我肠。
何缘交颈为鸳鸯，胡颉颃兮共翱翔！
凰兮凰兮从我栖，得托孳尾永为妃。
交情通意心和谐，中夜相从知者谁？
双翼俱起翻高飞，无感我思使余悲。

绿绮琴音，知己欲寻。卓文君躲在屏风后面，倾听着潺潺流水般的跌宕音阶，心中怦然而动。那些席间频频举杯的人啊，有谁注意到了这娓娓诉说的音乐，领略到了其中深意，唯有轻轻抚琴的温润男子与屏风后用心解意的含羞女子各自相知吧。绿绮琴的铮铮弹拨，不再是梁王府时无聊的歌舞作秀，此刻，它作为知音媒介，系着两颗火热的心，从此弹奏出一场爱恨缠绵的爱情故事。

来到临邛的司马相如听说卓府有女，聪明美丽，诗文了得。当闺阁中的卓文君听说有才俊来府，英挺俊朗，才学高超。他们不约而同地有心在走向彼此。一个颔首拨弄琴弦，一个低眉倾听天籁，渴望中的相见变成了现实，两人内心不觉而动。司马相如望着屏风后的娇小身影，纵情地狂舞着指尖，他想将心事全部告诉她，那位正脉脉含情看向他的女子。

趁着大家酣畅淋漓之际，司马相如找准时机，将一张小纸条悄悄地递给了来到她身边的丫鬟手上，他知道这位婢女是屏风后女子的贴身侍女，只有她能将自己的万般情意带给屏风后的女子，他能感觉她是在目不转睛看着他的。纸条就这么一来一往，在神不知鬼不觉中，两人情感飞速升温，最后竟然约定一起私奔。

其实，卓文君虽是守寡，但是由于卓家雄厚的财力，一般人也是娶不到她的，即使是司马相如这样的才俊，也未必能行。因为相如太穷了，门不当户不对。于是，文君孤注一掷，冒着被舆论谴责的风险，被家族唾弃的伤害，被社会不容的压力，在一个漆黑的深夜里，义无反顾地选择了与司马相如私奔，勇敢地踏上了追寻自己的美好生活之路。

私奔是不受家人祝福的，也不受社会认可的，因此，“私奔”的结果往往不尽人意，大多以曲终人散结束。那么，卓文君和司马相如是不是这样的结果呢？

如果故事都千篇一律，那么他们的故事也不会流传到今天吧。

有人说卓文君冰雪聪明，懂得如何化解困境。眼前就出现困难了，卓文君该如何办？

私奔容易，生存很难啊！司马相如携手娇妻回到成都后，看见的是家徒四壁。对此，卓文君并没有感慨万千，而是放下小姐架子，与夫君一道打理生活。本来极富才情的两人，在清贫中歌咏作赋，倒活得逍遥自在。不过，聪慧的卓文君知道这不是长久之计，于是想了一个计策，劝说丈夫与自己一同回到了临邛，并准备在卓家不远的地方开一间酒肆。

卖掉首饰，酒馆兴起了。文君挽起裙裾，相如穿上酒保衣裳，他们一起当垆卖酒。一时间，门前人流如织，热闹非凡，大家竞相来看卓家小姐开店了。这样的举动，无疑是丢卓家人的脸面啊。卓王孙本想沉住气不理会，但越来越多人的指指点点，亲戚朋友的热心劝说让他开始让步。最终，他放弃本想教训司马相如的打算，反而给小夫妻俩送去了银两，带去了百名仆人，叫他们好好生活。此后，司马相如和卓文君回到成都，两人弹琴赋诗，游山戏水，过上了安稳缱绻的生活。

他们本可以这样诗意地栖息，在清逸高远的隐居生活中，然后幸福地慢慢老去。但是，男儿心中始终对建功立业充满渴望，只要有机遇，他们都会迎头而上，追求理想和实现抱负，不管是困境中还是美好里，这种想法不曾改变，司马相如何尝不是这样。

汉武帝即位时，窦太后把持朝政，矛盾愈演愈烈，最终，羽翼未丰的汉武帝选择了退避隐忍，以求养精蓄锐。为此，他经常去山中狩猎，同时，汉武帝还不忘加强学习。一次，汉武帝读到《子虚赋》，被赋中大气磅礴的气势和清绝瑰丽的文辞所吸引，拍案叫好："写这篇赋的人真是个才子，可惜我没有和这个人生活在同一个时代啊！"这句感叹恰好被身边服侍的狗监（替汉武帝管理猎狗的人）杨德意听见了，他谄笑说："陛下，写这篇赋的人小臣知道，他是小臣的同乡司马相如，现在成都闲居中。"汉武帝听后，立马差人将司马相如请到京城。不久，相如以汉武帝狩猎为题材，写下了著名的《上林赋》，呈与汉武帝御览，帝大喜，当即封司马相如为郎官（帝王的侍从官）。再后来，司马相如被汉武帝指定为专使，招抚夜郎等国，在他艰辛执着的奔走联络下，最后这些小国都归顺了汉朝，此后，相如更受汉武帝器重。

当司马相如回到家乡时，不但受到当地官员的迎来送往，老丈人卓王孙更是将其奉为"乘龙快婿"，卓家风光无限。卓文君从此有了盼头，她想丈夫这次该接她到京城了吧。

可是，事情却并未按照文君想象的那样发展。司马相如回京时，依旧将妻子留在了家乡，只身前往繁花似锦的京城。

在巴郡苦等丈夫来接的卓文君，某天终于等到了仆人来报，说相如的手下到了门前。文君好生欢喜，赶快唤其进屋。来人将一封信件交与文君，文君展开一看，信中书道："一二三四五六七八九十百千万"唯少了"亿"字，缺"亿"岂不是无"意"！文君念着这13个字，悲上心头，哀怨不已，这就是自己千等万等心心想念的夫君吗？

面对来人要求“即刻回信”的催促，文君提笔挥书道：

一别之后，二地相悬。只说三四月，又谁知五六年。七弦琴无心弹，八行字无可传，九连环从中折断，十里长亭望眼欲穿。百思想，千系念，万般无奈把君怨。

万语千言说不完，百无聊赖十依栏。重九登高看孤雁，八月中秋月圆人不圆。七月半烧香秉烛问苍天，六月伏天人人摇扇我心寒。五月石榴如火偏遇阵阵冷雨浇花端。四月枇杷未黄我欲对镜心意乱。忽匆匆，三月桃花随水转，飘零零，二月风筝线儿断。唉！郎呀郎，巴不得下一世你为女来我为男。

这首《怨郎诗》将司马相如来信的13字镶嵌于其中，字字含情，句句有泪，文君将心中的守候与坚持、无奈与幽怨表达得淋漓尽致。她又怕夫君无法真实地了解其想法，又附上了《白头吟》，最终将《诀别诗》置于信后，诗道：

春华竞芳，五色凌素，琴尚在御，而新声代故。锦水有鸳，汉宫有水，彼物而新，嗟世之人兮，瞀于淫而不悟！

朱弦断，明镜缺，朝露晞，芳时歇；白头吟，伤离别，努力加餐毋念妾。锦水汤汤，与君长决！

纵然万般情，却遇负心人，作罢也好！卓文君做好了最坏的打算。

其实，司马相如这些年在京城的放荡卓文君哪能不知呢！她不怨不恨，总想着丈夫能有朝一日想起自己，他们终会团圆。可是，这一切都是空等待。

就在卓文君失望之时，司马相如收到了妻子的书信，文君的才华和深情触动了相如的心弦，他感怀万千，忆起了当初文君不顾一切地抛却荣华富贵与他走天涯的决绝。相濡以沫几十年，能走到今天实属不易，相如从此绝了纳妾的念想，与文君一起度过了生命最后的时光。十年后，司马相如因消渴之症去世，第二年文君追随丈夫而去。

“愿得一人心，白首不相离。”有多人曾经默默地吟诵着这爱情的誓言，如此温暖，美好。

金纤纤：记取诗魂是此花

梦相依，梦相托，梦相系，梦为媒，一梦千年，千年一梦。

梅花林，梅花吟，梅花魂，梅作骨，红梅傲雪，傲雪梅红。

金纤纤，梦中作诗的清代女诗人。

古人在行进中作诗，在打仗时作诗，在朝堂上作诗，在劳作时作诗，在游乐时作诗，不管是哪一种作诗状态，他们都是与人事物密切相连的。仰高山情怀澎湃，俯流水心神荡漾，见春柳眼中明朗，睹人世冷暖惯看，参与，体会，感触，激发了心中的怀想和生命的感悟，由此迸发出色彩斑斓的诗歌首首。

诗歌从日常生活中来，从大千世界中来，从市井乡野中来，从庙门朝堂中来，不管诗歌从何而来，大多是可感可触可闻可及的。当然，也不乏特例。

据说，清代女诗人金纤纤，其作诗全仰仗做梦所得。梦中所见所闻所想所问所悟，在梦里即成诗篇，待清早醒来，运腕提笔复述，诗歌即成。这种作诗方式前所未闻，诡异得很，让人觉得不可思议。

其实这梦中作诗是真是假并不重要，重要的是金纤纤梦中所作诗歌让人称赞。她道：

风铃寂寂曙光新，好梦惊回一度春。
何处卖花声太早，晓妆催起画楼人。

轻风来了，吹起风铃叮铃铃作响，打翻了黎明前的寂静，清新一阵阵随风潜入梦。那早起的卖花声啊，声声催人紧，一次次叫我快快起床，赶紧梳妆打扮，到外面的世界去探望，这是春又到了。金纤纤在破晓的梦中，梦见了“风铃”“曙光”“卖花声”“画楼人”，梦见了一场春宴的相邀，梦见了土壤中湿湿气息在逃窜，于是，她顺着声音、气味、光亮，将梦中的美好轻轻吟诵。好诗即成。

有梦有诗，金纤纤的梦无时无刻不在，据说，她一个月能创作十几首诗歌，大多与梦相关。

金纤纤这一“特异”之处，是自然天成，还是后天练就的呢？

有些传说，虽不足为信，但也可作趣闻了解。

这是乾隆三十五年的春天，江南水乡莺啼柳绿，花红燕飞，在苏州“金记绣庄”的后院中，一位女子即将分娩。就在此时，女子恍惚看见一群美丽的仙女站在云端，她们俯身向女子撒一束束丝线，随即便传出“哇——哇”的婴儿初啼，女子产下一名女婴。

虽是女婴，父母甚是珍爱，取名“金纤纤”。纤纤从小体弱多病，为了能壮实纤纤，金家用尽各种滋补方法，买来营养补品无数，却始终不见她身板强健起来，还是弱不经风似的，只能呆在家中。恰好，这些时间到成全了纤纤读书学习。

当著名诗人、散文家袁枚在江南一带招收女弟子时，纤纤参与海选，经过初试，最后复试三道考核，最终从众才女中脱颖而出，成为袁枚门下十三位弟子之一。在袁枚的教授下，纤纤不但理论得到精进，而且诗歌也大有长进。

这袁枚将文学作为终身事业，他是性灵派创作理论的提倡者。所谓性灵即性情也。他道："诗者，人之性情也，性情之外无诗。"又说："凡诗之传者，都是性灵，不关堆垛。"他认为诗歌是内心的声音，是性情的真实流露。他讨厌矫情作文作诗，鼓励坦白率真为人。袁枚将这些思想潜移默化注入到了教学中，金纤纤也得益其教导。后有人将袁枚倡导的这次女子学习称为"闺阁文学"，而纤纤则被誉为袁枚"闺中三大知己"之一。

通过系统引导，金纤纤诗文进步更是神速，不过，梦中作诗的习惯依旧未曾更改。而此后的诗作更有所突破。譬如遇到情绪幽怨时，她梦里的表达是：

膏残灯尽夜凄凄，梦淡如烟去往迟。
斜月半帘人不见，忍寒小立板桥西。

转眼纤纤已亭亭玉立，该是出嫁的年纪了。

少女怀春，有一天，纤纤梦见了一位少年郎：一位俊朗的男子独行在茫茫的原野上，慢慢地消失在尽头，忽而转眼间，他又出现在一片竹林中，在清风徐徐下朗朗读书，一副书生模样。

金秋的时节，纤纤出嫁了。不曾想，她的美梦成真呢！

新郎揭开盖头的那一刹那，一张似曾相识的脸庞出现在纤纤眼前。原来新郎竟是当日梦中的公子。丈夫乃临县富有人家，姓陈，名竹士，这名字正好与梦境中的竹子应景，且竹士是士子，一切恍如梦中一样，多么神奇的巧合！

婚后，夫妻俩恩爱无比，琴瑟和谐。才子与才女，有说不完的共同话语，佳人与公子，有道不完的情趣盎然。美好婚姻大抵如此吧！

就这样过了十年。十年间，情意不减。一次，娘家捎信叫纤纤回家小聚，适逢竹士同窗聚会，定由他主持会议。这样的情况下，他便无法陪伴妻子回去苏州探亲。这是他们十年来第一次小别。可是回家才四五天，纤纤却嚷着回到了夫家，问其原因，她哀伤道：“我昨夜做了一梦，梦见一位白衣仙女驾一只木舟从云端飘下来，她热情地邀我登舟，说是一同前往秋水渡。我觉得梦兆不祥，也许我将不久于世，所以赶回来与夫君相守。”陈竹士以为妻子因为想念自己才说了这样的话，于是笑着安慰她几句，并没有放在心上。

事情偏是巧，第二天，纤纤病倒了。无论请什么名医，病情都不见丝毫起色。十日后，金纤纤走完她25年的生命历程，抛下最爱的人，飞向秋水渡。

梧桐细雨响新秋，换得轻衫是越袖。

忽地听郎喧笑近，罗帕佯掉不回头。

念着妻子留下的诗句，行行句句情意绵绵，陈竹士哀伤不已，曾记得纤纤念：

> 忍将小病累亲忧，为问亲安强下楼。
> 渐觉晓寒禁不得，急将帘放再梳头。

这一切历历如在眼前，柔弱的妻子即使在病中，也不忘向公婆问安问好，是多么贤德的女子啊！

这一刻，陈竹士觉得在金家梅园中，一朵朵盛放，一朵朵潋滟，一朵朵挂枝，那都是纤纤爱了的腊梅红梅白梅，他看见妻子在尽情地奔跑，热情吟诵着，轻轻在呢喃，她在花蕊中悄悄地偷偷地笑，他听见春的跫音渐行渐近。

贺双卿：望望山山水水

绝才绝色绝立，那是双卿；农人农作农耕，她是双卿；诗情诗画诗意，亦是双卿。

眷顾双卿，悲悯双卿，可怜双卿，卿心事谁知。道双卿，叹双卿，问双卿，谁知卿心事。

贺双卿，被誉为“清代第一女词人”“清代李清照”，一位农民女诗人。

社会主义制度下的九年义务教育，让中国孩子不论男女，不论地域，不论出身，人人皆享有了同等的教育权利。这是社会的进步，制度的完善，人性的解放。通过基本知识的普及，不但提高了国民整体素养，也对人才的开发、发现、引导提供了良好的平台，只要有悟性、才情，每个人皆会在学问和才情上得到大发展。

这是封建制度下的教育体系无法比拟的。

在古代，达官贵人，书香门第，商贾摊贩，地主财主，这些有着一定社会地位或者经济基础的家庭，他们的子女拥有更多的教育机会，因此也顺理成章地获得了更广阔的发展平台。当然，这些机会通常还是给予男子的。说到女子做学问，那是极少了。历史上有文学成就的女文学家、女诗人，大多生长于官宦世家或士子门第，这是一种普遍现象。不过，也有例外。历史上有一位女诗人，她便是个中特列，她来自普通农家，名为贺双卿。

双卿生活在清代康熙、雍正或乾隆年间，江苏丹阳人，初名卿卿，一名庄青，字秋碧，因为是家中的第二个女儿，故名双卿。这是一位土生土长的乡村才女，从来没有接受过正式的文化教育。她走了一条不同于他人的求学路，不但取得了成功，且成就非凡。

在古时的农村，女孩子能得到私塾教育的可能性极小，况且，贺家并不富裕，没有多余的钱财，更没有这种意识去培养天资聪慧的双卿。健健康康长大成人，嫁个如意郎君便是做父母的最大心愿吧。

双卿的可爱和懂事，让父母很放心她独立出去玩耍。也就是这样的环境，为双卿提供了去书馆听课的大好机会。

七岁那年，双卿前往小镇赶集，在花花绿绿的集市上，她第一次看到了繁荣似锦与热闹非凡，看到了外面的世界很精彩，看到了世间上的各种变幻玄妙。她不由好奇憧憬起来。就是这次赶集，双卿在小巷深处发现了一个书声朗朗的地方。台上端坐的夫子、摇头晃脑的孩子一排排坐着，念着好听的文字，双卿觉得这声音美妙极了！她问在这里做事的舅舅是否每天可以来这里。

舅舅只是私塾里做事的杂役，无法做主双卿能否来听课。不过，他很爱这个天真聪慧的外侄女，为了达成她的愿望，不但给双卿买了纸笔墨砚，还给双卿出了好主意，叫她每日悄悄地坐在教室外的窗户下听夫子讲课。得到了鼓励的贺双卿，不由快乐起来。

因为是编外学生，双卿学习特别刻苦，加上其聪慧和领悟力，进步非常快。她对知识充满了强烈的求知欲，按照先生布置的功课，每天坚持完成作业。久而久之，先生发现并默认了这位“偷听”的学生。

春去秋来，寒暑炎热过了三载，双卿不但能识文断字，而且学会了填词作诗。她的执着打动了私塾上课的夫子，在舅舅的帮助下，双卿的诗文经常能得到夫子的批改。悟性极好的她一点就通，学问精进不断。双卿在学习中得到了快乐，找到了方向。

“腹有诗书气自华”，双卿知书达理，温婉如玉，一身书香气，但是，在家人眼中，她依旧是一位农家小女孩，一位平凡的姑娘，他们认为女儿双卿的归宿应该是寻觅一户好人家，过上安稳的生活才叫幸福！

那么，双卿也是这样想的吗？

文化侵染过的小女子，诗意滋养过的女儿家，贺双卿的眼界、知识、想法早已不同于普通的农家女孩，她对世界有独特的认知，对未来有殷殷的祈盼，她想过不一样的生命历经和生活向往，但是，这一切都变成了美丽的泡沫。封建社会下的婚姻都是父母之命媒妁之言，双卿的父母只是普通的农民，他们接触的群体都是农村人，怎么可能为双卿寻觅到书香门第或者富贵人家呢！即使是双卿饱读诗书，她也没有办法解开这些束缚和禁锢，只能听从命运的安排，遂了父母心愿。

双卿十八岁那年，邻村农户周大旺将她娶进了门。这周大旺身强力壮，生性粗野，是典型的没文化的佃户樵民。双卿过门后，家中的清扫、煮饭、喂鸡、养猪、舂谷之类的繁重劳作都落到了双卿身上。婆婆还经常故意找茬打骂双卿。而周大旺惧怕母亲，不但不理解妻子，而且还支持母亲对待双卿的态度，这让本来身体羸弱的双卿难以吃消。无法排解心中的伤感和压抑时，双卿便将所思所想所悟所看写成诗词。当从娘家带去的笔墨纸用完后，她便写在芦苇上，写在路边的菜叶上，写在干涸的河滩上，凡是能抒发的地方，都留下了双卿的诗情词意。双卿这种创作的方式是与众不同的，也是无可奈何的，因为婆婆将她的纸笔墨砚破坏掉了，将她的诗稿烧掉了，可但凡有点空隙，稍有灵感，双卿便寻了机会作诗词。

双卿这样作诗，很容易丢失稿子。如果没有人发现双卿的诗词，那么，今天的读者便无法读到这些绝美的文字了。她道：

春不见，寻过野桥西。染梦淡红欺粉蝶，锁愁浓绿骗黄鹂。幽恨莫重提。

人不见，相见是还非。拜月有香空惹袖，惜花无泪可沾衣。山远夕阳低。

又道：

寸寸微云，丝丝残照，有无明灭难消。正断魂魂断，闪闪摇摇。望望山山水水，人去去，隐隐迢迢。从今后，酸酸楚楚，只似今宵。

青遥，问天不应，看小小双卿，袅袅无聊。更见谁谁见，谁痛花娇？谁望欢欢喜喜，偷素粉，写写描描。谁还管，生生世世，夜夜朝朝。

可是，谁能懂她呢？

寒热如潮势未平，病起无言，自扫前庭。琼花魂断碧天愁，推下凄凉，一个双卿。

夜冷荒鸡懒不鸣，拟雪猜霜，怕雨贪晴。最闲时候妾偏忙，才喜双卿，又怒双卿。

在命运前面该低头吗？或许，双卿就此度过一生，她的才华也必将淹没在历史长河中，寂寂无名。可是，她偏偏遇见他们了，这是双卿的幸运，也是文化的幸运，因为通过他们的文笔和记录，今天的人儿有幸得见了双卿的诗词。

这些人是谁呢？循着双卿词阙的出处，一切就了然了。双卿的故事和诗词，记载于一部写实作品——《西青散记》中，他的作者是清代才子史震林。这史震林因为落榜原因，来到绡山耦耕书院陪伴表弟读书。这日，史震林与段玉函几位才子在山水中游玩，偶遇了一位婀娜女子手执畚箕出外倾倒垃圾。这穷乡僻壤有此等女子，倒是少见，于是打听得知了双卿的身世，不由同情起来。他们后又读到了双卿的诗词，更是敬佩之至，时常与双卿进行诗文唱酬，而《西青散记》就是记录他们交往的故事，也记下了这些唱酬的文字。史震林这本书成为了解贺双卿最为珍贵的历史资料。其间，史震林也曾希望能帮助双卿改变现状和窘况，离开这个暴力的家庭，去找寻自己的幸福，但是这些都被双卿婉言谢绝了。

双卿的命运，双卿自己掌握着；双卿的未来，却不由自己做主。

劳累成疾的双卿，最终在生活的折磨下含恨离开人世！她给后人留下诸多遗憾，令人惋惜不已。

郭真顺：柏舟无憾泛横流

渔樵耕牧咏生活，松竹梅兰道风情。归山野，入乡俗，乱世佳人好才情。

一诗智退千万军，一世慧做长寿人。淡名利，豁达心，贤母美名人人敬。

郭真顺，元末明初著名女诗人，历史上最长寿的女诗人。

爱国爱家，这是华夏儿女血液里流淌的大爱之情，几千年传承发扬，几千年矢志不渝。不论男女，保卫国家人人有责。花木兰替父从军，穆桂英挂帅出征，梁红玉随夫打战……历史上比比皆是巾帼女子，为后人们树立了英雄的榜样。

从来英雄不问出处，也大可不必问性别，只问他们爱国的方式。有勇敢上战场的，有后方固城池的，有挥书鼓干劲的，也有运筹帷幄的。李清照说“生当作人杰，死亦为鬼雄”，诗中饱含了英雄气概；秦良玉朗言道：“使儿掌兵柄，夫人城，娘子军不足道也。”此等豪情壮志，谁说女子不如男呢！

的确，那些展现了坚毅果敢的中国“女汉子”，不但为女子们，也为中国人树立了标杆和典范，值得称颂。

历史上有这么一位女子，她不但是诗人，也是一位出色的“教育家”；她能智退千军，也能静守田园；她一边耕种劳作，一边闲情逸致。她左手进取，右手淡泊，能入能出的人生，这种精神境界让她活到了125岁的高龄。她就是元末明初著名的女诗人郭真顺。

郭真顺生于元皇庆元年，郭陇村人，原名祯顺。郭真顺出生在一个知识分子家庭，父亲是一位教谕，从小识字读书，接受传统文化教育。安稳的生活环境，良好的人文环境，促进了郭真顺的学习，加之她聪颖过人、过目不忘的天资，对史记经书、诗词歌赋有了更深入的了解和积累。她对诗歌的掌握尤为突出，能触类旁通，将知识融为一体尽情发挥。郭真顺的才情不但体现在了文学上，更多地施展在了日常生活的处理中，包括子女教育，郭真顺也独有心得。

每一个改朝换代的时期，都会出现社会动荡、民不聊生的荒乱之象，从朝廷到衙门，衙门到街市，街市到乡村，极少的人能躲得过战争的涂炭。当然，也不是没有这样的偏僻一隅，让生活免于战火纷飞的困扰，这就需要有一双慧眼和一颗慧心能看透当下的时局和世局，并很好地有效地将其避开。

历史记载，郭真顺处在的元末明初就是这样的大乱格局，她所体现出的前瞻性和预测性，以及果断的气魄，不但让她的家庭安全地度过了这段动荡时期，而且还拯救了一个寨子的村民。

聪明干练、才情俱佳的郭真顺，当年在父亲的安排下，嫁给了潮阳县城西处士周瑶。

这位周瑶也是饱读诗书之士，满腹经纶，为人清朗，生性淡泊，乡里几次举官与他，都被他坚决拒绝了，并与妻子郭真顺隐居于乡间，过着平淡而充实的生活。潮邑偏僻，但是郭真顺与周瑶的学问和才气，让他们的生活充满了乐趣。举案齐眉，诗意人生，倒是忘却了红尘中的滚滚浓烟。

这一年战争更加频繁迭起，举义起事的人多起来，在夫妻俩所住的村庄中，有一群小青年想以保卫村庄为藉口，拉起一支部队，为起事准备。这群人在商议后想推选见过世面、有见地的周瑶做“首领”。于是主动上门邀约。在众人的鼓动下，周瑶觉得难以推脱，也就含糊答应了。不想，回到家后遭到妻子的极力反对。郭真顺将当下的局势、村庄的情形、小青年们的想法作了详尽分析，最后建议丈夫以突发疾病为由，拒绝他们的相邀。周瑶觉得妻子说得有道理，当即装病推掉了做“首领”的邀请。后来，事情的发展真的印证了郭真顺的预测，那个被青年们推选出来的“首领”最后被“自己人”干掉了。

四处的战火越烧越旺，不久，夫妻俩所在的乡村也不安静了，一种不详气氛笼罩着整个村落。一天，郭真顺叫丈夫悄悄准备好几根结实的绳索，偷偷地藏起来……这是要干吗呢？

不久，村庄外来了一大批持家伙儿的盗匪，他们见人就杀，见东西就抢，当他们来到郭真顺家时，家中空空如也，只有几个人被绳索绑着，于是觉得没有什么可抢夺的了，便扬长而去。趁着匪军离开，郭真顺全家松开假装紧绑的绳索，逃到了安全之地，躲过一劫。当初看见村子里的人囤积粮食，周瑶和妻子商量，也想储备些，但被郭真顺否决了。看来，郭真顺早有高明的预见性，战乱中多藏粮食就是藏祸害啊！此等智慧真令人钦佩。

后来的一件事，更加展现了郭真顺的胆色和才情。

元至正二十七年，朱元璋对福建大举用兵。明军一路取得福建各地的城池，并在潮州置兴化卫，以俞良辅为兴化卫指挥。第二年，明朝改兴化卫为潮州卫，仍由俞良辅任指挥。为了将潮州地区的真正统一，俞良辅决定逐步铲除尚未归顺的地方势力。而郭真顺一家居住的溪头寨属于偏远地区，寨子还没来得及归附，当然俞良辅并不认为这是被动的，只觉得是有意为之的反抗行为，便纠集了几千精兵强欲将对寨子进行围剿。就在这危急关头，时年花甲的郭真顺马上应急作了一首《上指挥俞良辅引》，于大军来寨子时，亲自"遮道上之"。

诗道：

将军开国之武臣，早附凤翼攀龙麟。
烟云惨淡蔽九野，半夜捧出扶桑轮。
前年领兵下南粤，眼底群雄尽流血。
马蹄带得淮河水，洒向江南作晴雪。
潮阳僻在南海濒，十载不断干戈尘。
客星移处万里外，天子亦念遐方民。
将军高名迈前古，五千健儿猛如虎。
轻裘缓带踏地来，不减襄阳晋羊祜。
此时特奉圣主恩，金印斗大龟龙纹。
大开藩卫制方面，期以忠义酬明君。

宣威布德民大悦，把菜一笠谁敢夺。
黄犊春耕万陇云，牦庞夜卧千村月。
去岁壶阳戍守时，下车爱民如爱儿。
壶山苍苍壶水碧，父老至今歌咏之。
欲为将军纪勋绩，天家自有麒麟笔。
愿续壶民歌太平，磨崖勒尽韩山石。

诗歌以颂扬为基调，极力称赞俞将军是明朝开国的重要武将，为明太祖四方征战，威望极高。并诉说了潮阳十年来饱受战乱之苦，幸得俞将军从万里之外带来了天子对远方子民的关怀。将军恩威并施，功绩超过前人……她还说将军德行高尚，爱民如子，去年戍兵河南壶阳，当地老百姓已深切体会到了将军的仁义，至今还在歌咏将军的事迹呢。同样，潮州人民也会永远记得并纪念将军的功勋的。

此时收到一位60岁老婆婆所作的诗歌，俞良辅为之一震，再看诗文，所言感人肺腑，于是俞良辅对郭真顺敬重之意油然而生，当然，对郭真顺的夸赞和颂扬，俞良辅更是乐意接受。于是道："此寨是贤女所居，其民必很驯服。"于是带兵径直离去。溪头寨全寨人幸免于难，郭真顺居功至伟。

郭真顺教子有方，她的大儿子周硝，为栖霞县令；次子周砺，任增城教谕；三儿子周矿，举名儒第一，官至河南布政司参议。

据说，郭真顺小儿子周矿，科考被点为榜眼，当主考官将试卷呈与皇帝时，奏道："臣观周榜眼文章秀逸，文笔娟丽，似有闺阁妩媚，奇事也!"皇帝当即召周矿问："卿之文章书艺师承哪位高贤?"

周矿答道："臣幼家贫，未能从师，臣之文章之艺，都是母亲郭氏所教。"皇帝听后不由起敬意，称道："真贤母也。"便封赠郭真顺为"郭氏贤母"，并立下牌坊。

郭真顺诗作汇编成《梅花集》，已无传本。现存《归宁自序》二首，《悼冢妇死难》二首，《渔樵耕牧四咏》《劝家雍睦》等18首。其中《归宁自序》为她120岁时所作，她道：

天甲年来度二周，桑榆暮景雪盈头。
五经立业儒家雅，三子成名壮志酬。
桥梓有光联俎豆，柏舟无憾泛横流。
阶前兰玉森森秀，斑彩扶来到首丘。

郭真顺活了二个甲子年，子孙满堂，枝繁叶茂。后人遵从她的遗嘱："勿修佛用，勿烧纸钱。"不迷信，不铺张，真开明的一位女子！

张红桥：从来无事诉青天

红桥西侧红桥居，到红桥，度红桥，遇红桥。爱也红桥，想也红桥，思也红桥。

相思岸边相思人，说相思，道相思，问相思。醒也相思，梦也相思，怎不相思？

张红桥，元末明初女诗人。

历史上曾有许多才男才女演绎过版本各异的爱情故事，有“别时容易见时难”，有“泪眼愁肠先已断”，有“大难临头各自飞”，有“为君憔悴尽，百花时”，有“一生一代一双人”……或缠绵悱恻，或情路曲折，或恋恋不忘，譬如陆游与唐婉，薛涛与元稹，鱼玄机与温庭筠，柳如是与钱谦益，纳兰容若与沈婉等，他们中有的结成伉俪，有的无缘修成正果，有注定爱情终须散的，但是，不管情路如何，这些才子才女们共谱写的爱情篇章却成为了千古美谈。而他们一起吟哦过的诗词歌赋，经由历史长河的洗礼和冲刷，更显得灿灿生辉，犹如岁月中寂寂光芒的珠贝，愈久愈泽泽温润。

古人与今人对爱情的憧憬和向往，如出一撤。民国才子徐志摩一首《再别康桥》为谁蔓溯，林徽因满怀的秋景秋思又为谁赋，席慕蓉说“佛于是把我化做一棵树，长在你必经的路旁”，这是谁的爱情滋生了绿荫重重，敏感纤细、温情多思？纵观古今往来的诗人们，他们对情感的感悟、认知、体会所迸发的诗意蹁跹引人入胜，缔结出一朵朵绚丽的“爱情花”。

爱过，哭过，怨过，恨过，却终归无怨无悔，甚至付出青春和生命也不怨尤。

明朝女诗人张红桥就是这样的痴情女子。

红桥本名秀芬，生于大户人家，本是中原人，因避祸元末明初的战乱，年幼的她随父母开始了逃亡生活。一路向南，一路颠沛流离，一家人不但饥寒交迫，更是惶恐不安，在身体和精神的摧残下，红桥的父母先后病倒了，他们在临终前将幼小的红桥托付于其姨母抚养。姨母原本是一官宦人家的宠妾，才情并茂，秀丽端庄，知书达理，当然这样的高门庭也能没逃脱战乱带来的逐渐败落，最后，姨母不得不带着红桥再次流浪，来到福建闽县一个叫红桥的地方，她们定居下来，开始了新的生活。

没有家资，没有收入，没有靠山，姨母和红桥如何过日子呢？

无奈之下，姨母选择了一种生计渠道。

红桥的姨母虽然已婚，但依旧明艳动人，姿颜尤佳，且能舞文弄墨，吟诗作赋，是典型的容貌与才情兼具的美人儿。于是，凭着姿色和才学，姨母常招来当地文人雅士，或流亡贵族，一起茶会小坐，品酒赏月，漫天说地，用此收入维持自己与红桥的日常开销。

红桥慢慢长大，姨母渐渐老去，岁月由不得人细数就皱着成光阴的书笺。小红桥越发鲜艳活泼，姨母却愈加衰老，所幸的是姨母将毕生的才学都教授给了红桥。红桥不但长得美丽可人，更是一手诗文笔墨，在当地已是远近闻名的才情小美人。他们不再叫她秀芬，只愿呼一声“红桥”。红桥那边有位佳人是红桥，为了目睹红桥的风采，踏过红桥者络绎不绝，这些人不再是为了红桥姨母而来，只为欣赏美丽芬芳的小红桥。

姨母虽然走上了这条不如意的生活道路，但她却不愿意外甥女也步了自己后尘。她们原本有一个好的家庭出身，如果不是社会动荡、战争纷乱，绝不可能走上这条人生路径，悲哀莫过于此。想到这些，姨母更加珍爱小红桥，不轻易让她待客，只希望自己的外甥女能有一桩美满的姻缘，过上平淡而幸福的生活。

也正因于此，让闺阁中的红桥多了些许神秘，令人向往，越是不见人，越让人想见到。

而红桥立下的择偶标准，也成为众多倾慕者的“拦路石”，说非得是诗仙李白之类的才子才肯下嫁，这样一来，那些纨绔子弟、风流公子、一般文士皆不能入其法眼，每每有诗词相邀相送者，都吃了闭门羹，不见了下文。要获得佳人青睐真难啊！更有甚者，不但三五天往红桥那边跑，还在她家附近租了房子住下。这人就是王偁，与林鸿、王恭、陈亮、高秉等九人被誉为“闽中才子“。这些人都自命不凡，他们中也有向红桥求爱的，譬如才子之一的王恭，他赠与红桥的诗写道：

重帘穴见日昏黄，络纬啼来也断肠；

几度寄书君不答，雁飞应不到衡阳。

不过，在另一位才子林鸿没有回到家乡前，谁也没能获得美人芳心，这是后话了。

还是先来看看花了大功夫的王偁吧，他的追求手段更加直接、大胆。他租下了与红桥家院子只一墙之隔的院落，只为“近水楼台先得月”，并做好了长期作战的准备。王偁从楼上眺望，刚好可以望见红桥的闺阁。红桥的一举一动，一颦一笑皆收入其眼底，这种朦朦胧胧、似近非近的感觉，更让王偁倾心不已。

王偁加快了追求的节奏。他将自己对红桥的感觉，以诗意的形式描绘出来，并派人将诗稿送去红桥家中，他道：“象牙�䈴碧纱笼，绰约佳人睡正浓……”王偁这首诗歌美妙缱绻，语言轻佻。红桥看后，不置与否，但心里早有明断，这样的人不可以托付终身，便不作声。

过了一阵子，王偁家来了一位客人，他的朋友林鸿前来造访。

这林鸿是福清县的世家子弟，才华出众，被列为“闽中十才子”之首。洪武初年被地方郡守推荐到南京，朱元璋亲自殿试，林鸿出口成章，获得太祖的嘉许，授予礼部精膳员外郎。在京城娶了豪门之女朱氏，其妻也能文善诗，亦是才女，夫妻酬唱，恩爱无比，但是好景不长，婚后三年朱氏便病逝，这让林鸿心情低落至极。又恰逢仕途不顺，林鸿无心事业，便辞官归故里。这一趟来到王偁家，正是回家后故友相访的一次相聚。

然而不巧的是，林鸿对对面闺阁中的红桥一见倾心。一见到红桥就觉得她宛若仙女下凡。林鸿情不自禁地念道：

桂殿焚香酒半醒，露华如水点银屏。
含情欲诉心中事，羞见牵牛织女星。

第二天，林鸿将诗歌慎重地书写在碧玉笺上，轻轻搁入锦囊中，恳请房东老妇代为传递。当红桥展开书笺看时，顿感此诗甚合她意，连忙叫老妇稍等片刻，她提笔便书道：

梨花寂寂斗婵娟，银汉斜临绣户前；
自爱焚香消永夜，从来无事诉青天。

少女怀春，这样的举动已说明红桥初次认可林鸿的诗情了。接下来，红桥与林鸿诗词传情，你一首，我一首，纷纷吐露心中爱慕情怀。王偁见此情况，寻了藉口回家去了。

于是，红桥与林鸿两人自然地走到了一起，开始了一段神仙眷侣般的生活。不过，林鸿从未提及婚姻之事，这让红桥心有疑惑，总觉得林鸿有嫌弃之意。这种猜想犹如毒瘤一颗，深深种在红桥心中，埋藏直至发芽……

一年后，林鸿突然接到老岳父捎来的书信，让他前往京城重谋官职。闲居这么久，林鸿的各种纠结早已放下，男儿有志在四方，与红桥儿女情长也不是长久之计，于是他回信答应岳父即刻回京。本来，林鸿是打算在京城站稳脚后再来接红桥，不曾想，他将红桥的情形与老岳父说后，却得到了“不可”的回音，倒不是岳父有意阻拦，实则是红桥的身份让他心生顾虑。林鸿也就暂时打消了迎接红桥的想法。

一望望不穿红桥，二望望不过红桥，三望望不远红桥……红桥依旧，那人依旧吗？曾记得他道：

其一：

女螺江上送兰桡，长忆春纤折柳条。
归梦不觉江路远，夜深和月到红桥。

其二：

骊歌声断玉人遥，孤馆寒灯伴寂寥。
我有相思千点泪，夜深和雨滴红桥。

其三：

残灯暗影别魂消，泪湿鲛人玉线绡；

记得云娥相送处，淡烟斜月过红桥。

……

林鸿临行时声声是红桥，处处皆有红桥，难道他心中没有红桥，或者忘了红桥？

他没有一个响亮的承诺给红桥，红桥是懂的。不过这世间时，爱情事，有多少人能看懂呢？

既然望不见未来，那么我只有将红桥望断。

林鸿离开数月后，茶饭不思的红桥思念成疾，在幽微中静静地离开了人世。

遇见你，遇见美丽。只是，遇不见我们的未来。一年后，心中放不下红桥的林鸿从京城赶回来，却唯有七首幽幽的诗歌等他归来：

其一：

床头络纬泣秋风，一点残灯照药笼。

梦吉梦凶都不定，朝朝望断北来鸿。

其二：

井落金瓶信不通，云山渺渺暗丹枫。

轻罗泪湿鸳鸯冷，闻听清宵嘹唳鸿。

其三：

寂寂香闺枕簟空，满阶秋雨落梧桐。
内家不遣同陵去，音信何缘寄塞鸿。

其四：

玉筋双垂满颊红，关山何处寄书筒。
绿窗寂寞无人到，海阔天空怨落鸿。

其五：

衾寒悲翠怯秋风，郎在天南妾在东。
相见千回都是梦，楼头长日妒双鸿。

其六：

半帘明月影曈曈，照见鸳鸯锦帐中。
梦里玉人方下马，恨他天外一声鸿。

其七：

一南一北似飘篷，妾意君心恨不同。

他日归来也无益，夜台应少系书鸿。

爱情就是这般模样，让人欢喜让人忧，让人刻骨铭心又最终只能选择忘怀。

吴藻：十年心事十年灯

十年光阴十年春，十年心事付与谁？欲说还休，欲说还休。

人去也，孤枕留。当时只道是平常，任由山高流水长，终归是徒留伤悲，碎影一地独自凉。

吴藻，清代女诗人。古代文艺女青年典范之一。

周国平在《把心安顿好》一书中说：“人最宝贵的东西是生命和心灵，把命照看好，把心安顿好，人生即是圆满。”守心、护心、收心，将心作航向，人生是不是能快乐些，自由些，淡然些？是不是能避免更多的遗憾，是不是更能满足呢？

被誉为最美情郎的仓央嘉措曾说：“世间事除了生和死，哪一件事不是闲事？”

的确，我们大多时候都在做着闲事，一桩桩，一件件，一次次地反复做着与生死无关的诸多俗事，且乐此不疲，不停不休。

见落花悲，见流水伤，见北雁哀，见黄叶愁，真是缘愁似个长，大千世界的变幻莫测左右着人们的情绪，使苦恼丛生。某些蠢蠢欲望让人振奋，痛并快乐着。

有时，想得越多，其心越无法安放，无法静静地审视自己，只有在某一天幡然醒悟后，才会发现生活于别处真好。

今人如此，古人亦是。那不妨穿越时光隧道，去一趟清代嘉庆年间，打开一道缺口，循着女诗人吴藻的生活轨迹前行，也许会有一番新体悟也说不定。

都说古代不乏“问题少女”，李季兰是，鱼玄机也是。当然更少不了文艺女青年，金纤纤是，吴藻也是。特别是吴藻，据说因为“知己难求”，等到22岁年纪才出嫁，22岁在古代算是大龄青年了。

当然，吴藻嫁入的人家，并没因为她是大龄而降低门槛，反而嫁了一户门当户对的好人家。

那么，为什么吴藻会晚成婚呢?

其实原因非常简单，吴藻无法“将心安顿好”，她有许多美好的憧憬，有对未来的诸多追寻，然而在闺阁中等了一年又一年，一天又一天，却一直没等到“春暖花开时”那份怦然心动，于是“理想”一拖再拖。

说起理想，吴藻的理想似乎并不复杂，就是遇见一位“同路人”。不过知己难求，有些人甚至一辈子也遇不上。可吴藻是执拗的，她相信有情意相投的人终究会出现，会一起牵手到白头。

小时候的吴藻深受父亲的宠爱，父亲专门请了老师教授其读书识字，作诗填词，琴棋书画等，希望女儿能成为知书达理的女子。当然，这其中还有一个不为外道的原因，吴藻的父亲虽为商人，但是特别敬佩有才学的人，对书香雅意特别追捧，希望自己的愿望能通过女儿得以实现。天生聪慧的吴藻确实不负所望，诗书琴画样样精通，工于词，擅画竹，懂音律，难得的一位大才女。

她道："燕子未随春去，飞入绣帘深处，软语多时，莫是要和侬住？延停，延停，含笑回他：'不许！'"吴藻这首《如梦令》俏皮天真，与李清照那首著名的"争渡，争渡，惊起一滩鸥鹭"有异曲同工之妙，让人爱不释手。

才华横溢本是大优点，可正是如此，才情兼具的吴藻更渴望一种共鸣，她希冀自己的丈夫是能与她琴瑟和鸣、诗词唱酬的灵魂相伴者。

有这样的愿景虽没有错，可现实却不尽如人意。吴藻最终从一个富商家庭跨入到另一个富有家庭，娘家人曾经对她十分溺爱，到了婆家后，丈夫对她更是爱意满满，处处迁就于她。吃的、穿的、用的以她喜好为准，生活上可谓无微不至。但是，吴藻却总是高兴不起来，觉得这日子似乎少了些什么。

丈夫经营着商铺，需要用心打理，因此在家陪伴吴藻的时间是有限的。有时回到家中，丈夫也兴致勃勃地听吴藻轻声念所作的词阙，只不过当吴藻念完时，听到的却是丈夫的鼾声阵阵。

吴藻曾道结婚后的寂寞，在《祝英台近》中说：

曲栏低，深院锁，人晚倦梳裹。恨海茫茫，已觉此身堕。那堪多事青灯，黄昏才到，又添上、影儿一个。

最无那。纵然著意怜卿，卿不解怜我，怎又书窗，依依伴行坐？算来驱去应难，避时尚易，索掩却、绣帷推卧。

丈夫见她一直闷闷不乐，希望吴藻多出去走走，交往朋友，吴藻当然乐意。之后，吴藻与才子才女们游乐于山水间，无不快哉！她道：

珊珊琐骨，似碧城仙侣，一笑相逢淡忘语。镇拈花倚竹，翠袖生寒，空谷里、想见个侬幽绪。

兰釭低照影，赌酒评诗，便唱江南断肠句。一样扫眉才，偏我清狂，要消受玉人心许。正漠漠、烟波五湖春，待买个红船，载卿同去。

这首《洞仙歌》是吴藻赠与一位美人儿林姑娘的。吴藻还与才子们荡浆碧水间，踏青山野中。吴藻丈夫见此，并不干涉妻子。但当爱她的丈夫不幸去世后，她才真切地体会到了什么是空虚，什么是落寞，什么是孤独。

四面八方的空寂、惆怅慢慢开始袭来，曾经对丈夫的厌弃或不屑一顾，在丈夫离世后，才觉得相处的珍贵。只是这些已逝去，斯人不在，独守一个个夜深沉。

吴藻再不出门呼朋唤友了，她静静地守着时光，一点点整理曾经创作的诗词歌赋，编辑成了《花帘书屋诗词》《香南雪北庐集》等诗集，为后人留下了一笔丰富的文学遗产，值得敬仰和钦佩。

有种相遇，是人生何处不相逢；有种抵达，是心与心的偶然交会。将心安顿好，将生活于别处，活在当下，获得宁静致远。

鲍令晖：惟馀心不变

鸿雁归，君不见。知君何时还，一年复一年，琴弦拨乱。

春风渡，人不在。客从远方来？一茬又一茬，最终忘川。

鲍令晖，南朝女诗人。南朝宋齐两代唯一留下著作的女文学家。

古代女诗人的著作中，多见情爱、游乐、抒情之作，而文字描述的角色或情感倾吐的对象，大多与心中的情郎、知己、偶像有关联。于是，这些作品流露的心绪或欢喜，或哀伤，或甜蜜，或幽怨，或开朗，或忧郁，女儿家的模样尽显，如胭脂的艳，似碧玉的澄，有步摇的脆，处处彰显柔美和细腻，首首尽显才情。她们挥书的一撇一捺尽是波澜涌动，心如潮水。

爱情是人类社会永恒的话题，不论是在现实中，还是文学歌咏中，人人都无法回避爱情这个主题。特别是在古今女诗人的笔下，爱情如花，百花齐放。当然，也有女子或有不同，她们喜欢描绘爱情，但更愿意与亲人作文字交流，南朝女诗人鲍令晖便是如此，她的诗作和书信来往，多与兄长互动。

要想了解鲍令晖以及鲍令晖的兄妹情谊，先得去探寻她的兄长为何人?

南朝有一位著名的文学家名鲍照，与颜延之、谢灵运齐名，合称为“元嘉三大家”。人称鲍参军。鲍照经历可谓相当丰富，而且创作作品十分丰厚，存于世的作品204首，其中饱含报国情怀的诗歌《拟行路难》就有18首之多。沈德潜对他评价是：“明远乐府，如五丁凿山，开人世所未有。后太白往往效之。”他的作品对后世的李白、岑参、高适、杜甫等人有较大影响。其文学成就非凡，影响力巨大。

有一次，这位旷世才子对孝武帝刘骏说：“臣妹才自亚于左棻，臣才不及太冲尔。”将妹妹与左棻并提，鲍照除了暗自赞扬自己的妹妹鲍令晖才华出众，更是展现了兄妹情谊以及自我的才学。言语中看似谦虚，实则是巧妙地推广了兄妹俩。鲍照说的这左家兄妹成就可不小，哥哥左思的《三都赋》曾使“洛阳纸贵”，妹妹左棻乃晋武帝的贵嫔，著有《离思赋》《啄木鸟》等诗文，这兄妹俩不但是文学大家，且从小感情深厚，能作文学创作交流，超过了普通意义上的兄妹情谊，多了一份“知己”的懂得和默契。鲍照想表达的便是如此吧。

鲍令晖乃东海（今山东郯城）人。从小与哥哥鲍照一起进学堂，接受知识启蒙和文化教育，因此，兄妹俩成长的足迹和步伐是一致的，彼此了解，彼此相携，彼此进步，彼此融洽，是难得的“同路人”。

因为鲍照常年外出做官，与家中的联系大多是通过与妹妹的书信往来。这二人在离别送行时作诗，在彼此想念时作诗，在交流感情时作诗，如果用“诗意地栖息”来形容他们也不为过。鲍照的世界是丰富多彩的，他的工作历经注定他见多识广，因此所作诗篇题材宽泛，蕴藉丰富。而妹妹鲍令晖则受因社会活动和人事交往的局限性，常年呆在家中，使得她诗文倾诉的对象基本寄托于最亲近的人，而哥哥则是很好的人选之一。她对日思夜想的哥哥道：

自君之出矣，临轩不解颜。
砧杵夜不发，高门昼恒关。
帐中流熠耀，庭前华紫兰。
物枯识节异，鸿来知客寒。
游用暮冬尽，除春待君还。

自从哥哥离家后，鲍令晖再也没有欢畅的心情。坐在窗前，望着哥哥当初离去的小路，心情更加低落了。每个夜晚再不敢启动砧杵，一使用它，就会想起哥哥，于是只好早早关上大门。在纱帐中，慢慢地数流萤。在庭中，惯看开放的紫兰。一岁一枯荣，一载复一载，信使带来信件，知道哥哥在他乡亦是寒冷啊。唯有盼着暮冬早过，你随着春天的气息回来，那时便是春暖花开了。鲍令晖对哥哥深切的想念，都在这一字一句中。

写与哥哥的诗句，鲍令晖文思踊跃，文笔清新，文字饱满，她在《示行人》（又题《寄行人》）再道：

桂吐两三枝，兰开四五叶。

是时君不归，春风徒笑妾。

哥哥赴任离家，忘了及时捎个信回家，着实让妹妹坐立不安啊！这首诗中说桂花，道兰草，犹如一阵暗香盈动，激起想念之情。

南朝文学批评家钟嵘说鲍令晖的诗“往往崭绝清巧，拟古尤胜”譬如《拟青青河畔草》，就多有体现：

袅袅临窗竹，蔼蔼垂门桐。

灼灼青轩女，泠泠高台中。

明志逸秋霜，玉颜艳春红。

人生谁不别，恨君早从戎。

鸣弦惭夜月，绀黛羞春风。

排比、对偶，鲍令晖喜欢这样的手法。全诗以思念为主线延展，诗中描写了一位端庄贤惠的女子，她挂记着戍边的丈夫，为此展开了情绪的铺展。诗中词句绮丽，诗意芬芳，情意饱满，诗情潋滟多姿，美不胜收，鲍令晖诗中将思念之情溢于言表。

这对感情深厚的兄妹，最终是鲍令晖先于鲍照离开人世。鲍令晖去世的噩耗传来，哥哥伤心欲绝。妹妹离世后还有年迈的母亲，他如何照看这个残破的家啊。于是，鲍照申请了一百天的假期，以抚慰母亲和平抚自己的心情。

南山上，从此多了一座坟茔，望着清冷的四面山色，鲍照感怀万千，他说“露团秋槿，风卷寒萝”，道“凄怆伤心，悲如之何”。这首《伤逝赋》诉尽了鲍照悼念妹妹鲍令晖的所有情怀。

鲍照似乎在苍茫中听见了山谷中有回音，有位女子轻轻念着：

寒乡无异服，毡褐代文练。
月月望君归，年年不解綖。
荆扬春早和，幽冀犹霜霰。
北寒妾已知，南心君不见。
谁为道辛苦？寄情双飞燕。
形迫杼煎丝，颜落风催电。
容华一朝尽，惟余心不变。

那是他的妹妹鲍令晖在且吟且行啊！有一行泪喷薄而出，模糊了下山的路径。

跋

桨声灯影蕴雅思

在灿若星河的中国古典文学宝库中，女诗人、女词人这个群体，人数虽然称不上众多，但作品却以独特的女性视角，形成一个独立的存在，在桨声里，在灯影下，娓娓道来心灵之歌。

诗歌作为最古老的文学体裁，自从正式作为一种独立文学形式的那一刻起，历朝历代，就时刻有女性作家不失时机地出现在文坛，出现在读者的视野中，优雅的思索，深刻的沉思，细致的描绘，跃动于诗行间，流传在史册中，烙印到精神里。

开婉约诗风的一代才女李清照，无疑是这个群体的杰出代表。尽管人们对李清照可以说是耳熟能详，但往往都不自觉地把她仅仅归类于“婉约”一派，殊不知，即使李清照也有“生当做人杰，死亦为鬼雄，至今思项羽，不肯过江东”的慷慨悲歌；有篇幅虽短、但立论宏阔，具有高深理论素养与厚度的《词论》，对北宋同期前辈诗家词人制作，给出了精到的评价，指出了作品本身固有的弊病，为词的发展指出了一条正确的路径；在金石研究中，李清照鼎力协助身为学者的赵明诚，在赵明诚去世后，又玉成了《金石录》的出版，完成了这个文化史上的一件盛事。

而更多的女诗人、女词人，如春秋时代的许穆夫人、东晋末的谢道韫、唐朝与杨贵妃斗了一辈子的“梅妃”江采苹，由于这样或那样的原因，往往被读者忽视或者不被重视。

有感于此，江晓英女士通过这部书，对历朝历代女诗人、女词人进行了深入研究，力图深入她们的生活、思想、创作，通过对作品、重大历史事件的经历、时代背景等的爬梳整理，还原她们作家的本质，从作品入手，展开了近乎全方位的概括式品评。

尽可能对所有女诗人、女词人进行品评，尽可能提供独特视角下的独特感悟，与读者一起，进入她们的艺术世界，徜徉在她们通过作品创造或表现的审美情趣与艺术旨趣中。并且对作品展开独立的分析，运用知人论世的方法，在尽可能详尽地占有资料的前提下，提出自己的观点，展示她们创作的思想或时代历史根源、家学渊源，展示在重大历史风云中杰出女性的为国为民分忧，在文学艺术上的艰辛创造，在抒发性灵上的特立独行。

这是一个源于女作家热的推波助澜，更是对一种文学现象的还原式解读，更有对她们所处时代的深刻剖析，时代、家庭、社会不可能不对作家的思想、创作产生影响甚至是深刻影响。

另外，古代相当多的女诗人、女词人，由于生活所迫或战乱影响，沦落青楼，客观上使人们产生了一些误解或偏见，这种影响，对于人们习惯一向视为“高雅”的文学，似乎有点格格不入。对此，我们欣喜地看到，江晓英女士这部书，力图拂去历史、时代罩在这些女诗人、女词人身上的灰尘，立足文学创作实绩，通过具体作品的品鉴赏读，展示她们美好的心灵，在生活重压下的无奈，这也可以看作是一种还原吧？

比如薛涛、李冶、鱼玄机、柳如是。就拿柳如是来说，在降清这样大是大非问题上，显然比他的丈夫、著名学者钱谦益更显骨格与崇高，这似乎也与其曾经的青楼女子的身份不那么紧密“吻合”，也正是在这样的意义上，江晓英女士对她们的作品，对造成她们遭际的历史背景与具体变故进行了深入的研究分析，得出了恰如其分、符合历史真相的结论，因此，这部书中的相对观点，应当是经得住考验的。相信读者也会通过阅读，至少得到一些新的启示与启发。

就文字风格而言，无疑是非常独特的个例，这与江晓英女士几年来在其他系列作品写作中的追求有着密不可分的关系，相信读者也会有不一样的阅读感受。

女性作家的写作，有着明显的性别特点，对于这些，江晓英女士也都作了尽可能独特的剖析，因而，展现在读者面前的这部作品，经过作者多方面的努力与探索，无疑是个性突出的。

桨声灯影，是女诗人、女词人笔下的景致，心中的思索，也是作者江晓英女士引领读者进入作品艺术境地的一个关乎性别因素的独特视角，相信读者也会有这样的看法与评判。

张庆龙

2015年2月9日